光文社文庫

文庫書下ろし／長編時代小説

# 裏切り

隠密船頭（十二）

稲葉　稔

光　文　社

この作品は光文社文庫のために書下ろされました。

『裏切り』目次

小石川
白山
伝通院
神明宮
小石川御門
水戸徳川家
中山道
駒込
春日町
水道橋
千駄木
駒込追分
加賀前田家
道灌山
本郷
霊雲寺
日暮里
湯島天神
神田大明神
池之端仲町
不忍池
弁天
明神下
根岸
谷中
東叡山寛永寺
下谷広小路
外神田
下谷金杉町
御徒町
向柳原
三味線堀
広徳寺
下谷竜泉寺町
幡随院
甚内橋
元鳥越町
鳥越川
阿部川町
新吉原
千住大橋
御蔵前片町代地
新堀川
日本堤
東本願寺
御蔵前
御蔵前通り
首尾の松
御米蔵
田原町
浅草広小路
西仲町
浅草寺
浅草奥山
小塚原
山谷町
御厩河岸之渡し
石原橋
駒形町
材木町
並木町
新鳥越町
新鳥越橋
雷門
花川戸町
日光道中
浅草駒形堂
竹町之渡し
吾妻橋
山谷堀
浅草橋場町
揚場
今戸橋
今戸町
白鬚之渡し
中之郷竹町
中之郷瓦町
竹屋之渡し
源森川
三囲稲荷
長命寺
向島墨堤
木母寺
隅田村
北割下水
小梅村
須崎村
寺島村
恩寺橋
業平橋
小梅村
天神橋
押上村
亀戸天神

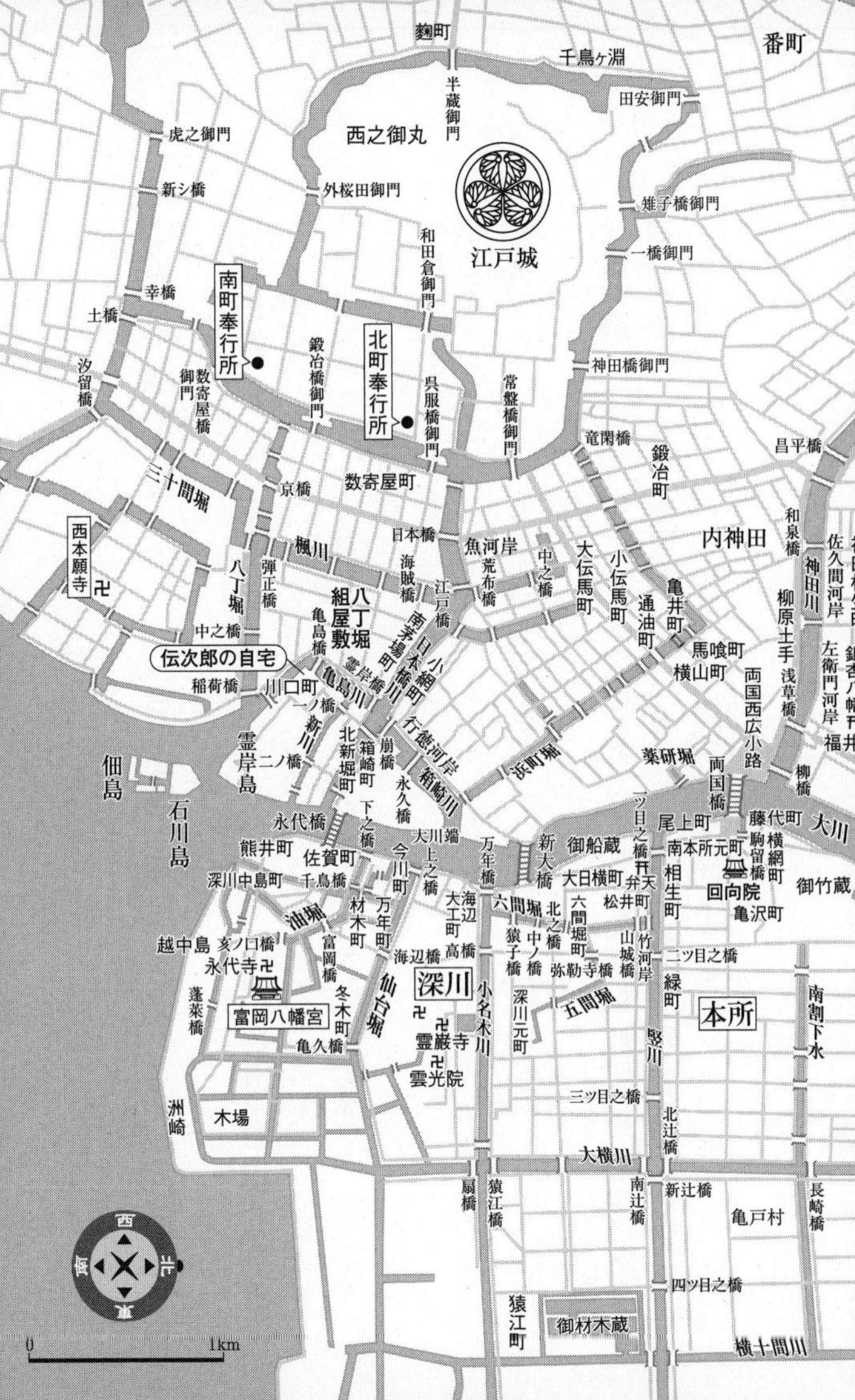

麹町
千鳥ヶ淵
番町
半蔵御門
田安御門
虎之御門
西之御丸
新シ橋
外桜田御門
雉子橋御門
和田倉御門
江戸城
一橋御門
幸橋
南町奉行所
土橋
北町奉行所
鍛冶橋御門
汐留橋
数寄屋橋御門
呉服橋御門
神田橋御門
常盤橋御門
竜閑橋
昌平橋
鍛冶町
三十間堀
京橋
数寄屋町
和泉橋
西本願寺
日本橋
魚河岸
内神田
楓川
佐久間河岸
神田相生町
神田川
弾正橋
海賊橋
荒布橋
中之橋
大伝馬町
小伝馬町
八丁堀
八丁堀組屋敷
江戸橋
亀井町
柳原土手
通油町
中之橋
亀島橋
南茅場町
日本橋川
小網町
馬喰町
左衛門河岸
銀杏八幡
伝次郎の自宅
霊岸橋
横山町
浅草橋
稲荷橋
川口町
亀島川
両国西広小路
一ノ橋
行徳河岸
福井町
新川
北新堀町
箱崎町
崩橋
浜町堀
薬研堀
霊岸島
二ノ橋
箱崎川
両国橋
柳橋
佃島
永久橋
一ツ目之橋
石川島
永代橋
下之橋
大川端
万年橋
新大橋
尾上町
藤代町
大川
熊井町
今川町
上之橋
御船蔵
南本所元町
横網町
佐賀町
駒留橋
深川中島町
千鳥橋
大日横町
弁天
回向院
御竹蔵
海辺大工町
六間堀
松井町
相生町
亀沢町
油堀
材木町
万年町
北之橋
六間堀町
竹河岸
越中島
亥ノ口橋
富岡橋
海辺橋
高橋
猿子橋
中ノ橋
山城橋
二ツ目之橋
永代寺
弥勒寺橋
深川
南割下水
蓬莱橋
冬木町
仙台堀
五間堀
緑町
本所
富岡八幡宮
深川元町
亀久橋
霊巌寺
小名木川
竪川
雲光院
三ツ目之橋
洲崎
木場
北辻橋
大横川
扇橋
猿江橋
南辻橋
新辻橋
亀戸村
長崎橋
西
北
南
東
四ツ目之橋
猿江町
御材木蔵
0
1km
横十間川

## 『裏切り　隠密船頭（十一）』おもな登場人物

**沢村伝次郎**　……　南町奉行所の元定町廻り同心。一時、同心をやめ、生計のために船頭となっていたが、南町奉行の筒井伊賀守政憲に呼ばれて内与力格に抜擢され、奉行の「隠密」として命を受けている。

**千草**　…………　伝次郎の妻。

**与茂七**　…………　町方となった伝次郎の下働きをしている小者。

**粂吉**　…………　伝次郎が手先に使っている小者。元は先輩同心・酒井彦九郎の小者だった。

**松田久蔵**　……　南町奉行所定町廻り同心。伝次郎の同心時代の先輩同心。

**筒井政憲**　……　南町奉行。名奉行と呼ばれる。船頭となっていた伝次郎に声をかけ、「隠密」として探索などを命じている。

# 裏切り　隠密船頭（十一）

# 第一章　世話人

＊

その火事が起きたのは、梅雨に入る少し前のことだった。

火元は小舟町一丁目の湯屋であった。風ははじめ南から吹いていたが、そのうち東に変わったと思うや北から吹きつけ、さらに西風とめまぐるしく変わった。八つ（午後二時）過ぎに出た火は、本小田原町、伊勢町、瀬戸物町を包み込み本町へ移った。さらに、勢いを増した炎は黒煙とともに本銀町から通町筋を辿り、須田町の町屋を嘗めるように進み、三河町へ移ってようやく夜五つ（午後八時）過ぎに鎮火した。

市中では半鐘(はんしょう)の音と逃げ惑う人の悲鳴、子供たちの泣き声、火消したちの怒号(どごう)などが渾然(こんぜん)一体となっていた。

類焼(るいしょう)地域は広範で焼死者は一千人を超えた。死傷者十万人以上を出した明暦(めいれき)の大火に比べればごく小規模だといっても、その被害は甚大に他ならない。幕府はお救い小屋を設け、炊き出しをして被災者の救済にあたった。

罹災(りさい)家屋はすぐに建て直しにかからなければならなかったが、折悪(おりあ)しく梅雨の時季に入っていたため普請(ふしん)作業が雨のせいで遅々(ちち)として進まず、さらに洪水が起きて材木船が転覆(てんぷく)するという事故が多発した。結果、建築に必要な大量の材木が失われてしまった。

家屋普請に携わる大工や左官などの職人は長雨のせいで仕事ができなければ、店を失った商売人もお手上げ状態がつづいた。商家勤めの奉公人は暇を出され、職人はいつ止(や)むとも知れぬ雨雲を眺めて遊んで暮らさなければならなかった。

# 一

「本町のあたりはもうだいぶ普請がはじまっていますが、それでも黒焦げになった土地がそのままってところもちらほら見られます」

そんなことを言って家に戻ってきたのは与茂七(よもしち)だった。

沢村伝次郎(さわむらでんじろう)が縁側で刀の手入れをしている最中のことだ。

「商家は商売に戻っているようですが、暇を出されたまま仕事をなくした者が多いらしいですし、仕事にあぶれた職人もずいぶんいるようです」

与茂七は座敷にあがり、伝次郎のいる縁側のそばにやって来た。

「夏の火事のせいだろう。おれもそんな愚痴をいう者に何人も会った。手許不如意(てもとふにょい)になった者たちが悪さをしなければよいが……」

伝次郎は鎺(はばき)を外し、その下の汚れを落とし油を薄く塗って拭き、一連の手入れを終え、もう一度刀身に曇りがないかじっくり鑑賞した。傾いた秋の日を受ける刀身はきらきらっと光り、一点の曇りもなかった。

「それです。また押し込み強盗があったという話を聞きました」

伝次郎が刀を鞘に納めたところで与茂七が膝を進めてきた。

「今度はどこだ？」

「御蔵前の札差だったらしいです。この前は上野にある店が襲われたばかりですが、それから幾日もたたないうちに札差です。それもやり方がだんだん荒っぽくなっていると言います。襲われた札差は備前屋というんですが、主夫婦と住み込みの女中が殺されています」

「それはひどいな」

伝次郎は手入れの終わった愛刀・井上真改を刀掛けに置いてから与茂七を見た。

「ひどすぎます。御番所の旦那たちは夜も寝ずにはたらいているようですが、賊の尻尾をつかめないままというじゃありませんか。旦那にお役はまわってこないんですか」

「ふむ……」

伝次郎は腕を組んで庭に目をやった。柿の葉が赤みを帯び、熟した柿が夕日に照らされていた。

ここ一月ほど押し込み強盗が頻発しているのは知っていた。当初は品川や深川あたりで起きていた。それも町外れの小さな店が多かった。雇いの奉公人を置かず、出入り客の少ない目立たない店だ。かといって、それらの店にはそれなりの蓄えがあり、賊はよくよく調べた上で襲ったと考えられた。

だが、これまで殺しまではやっていなかった。家人を脅して金と金目のものを巻きあげていくというやり方だった。それがこのところ、脅しではなく凶悪な殺しに発展している。

それが同じ賊の仕業なのかどうかわからないが、事件は町外れから繁華な町中で起きるようになっている。

「おれは思うんです」

与茂七は胡坐を組み替えて伝次郎に顔を向けた。

「賊は仕事にあぶれたやつらなんじゃないかって。夏に大火があったでしょう。そのあと大川が暴れて材木船が何艘も流されましたね。それに職人らは長雨に祟られて仕事ができなかった。その間、焼けた店を建て直そうとしていた商人連中は待ちぼうけを食らっちまった。雇われた奉公人たちは暇を出され、仕事をなくし行き場をなくす。焼けた長屋だってすぐに建て直しができなかったから、着の身着のまま橋の下や寺の縁の下で夜露を凌いでいるって言います。そんなことが長くつづくと、心がねじ曲がっちまう。おれにはわかるんです」

与茂七は窮した者たちのことを心配しているようだ。

「おまえの気持ちはわからないでもないが、勝手に動くことはできぬのだ。御番所も動いているし、火盗改も動いていると聞く。下手に動けば探索の邪魔をしかねぬ」

「だったら旦那、お奉行に助をすると申しあげたらどうなんです。人手は足りているんですか？　こういったときは、ひとりでも多いほうがいいんじゃありませんか。おれは悪さをするやつのことが何となくわかるんです」

与茂七は憤ったような顔を向けてくる。その顔に傾いた日の光があたっていた。まばたきもせずに伝次郎を、黒い瞳で凝視する。与茂七は職を転々としたあと、行状の悪い仲間とつるんでいた時期がある。更生したのは偶然伝次郎に出会ったからだが、与太者たちのことを少なからず理解している。

「まさか、賊に心あたりでもあるというのではあるまいな」

与茂七ははっと目をみはった。

「何もありませんが、話を聞くだけで苛々するんです。賊は力の弱い年寄りばかり狙っているんです」

「年寄り……」

伝次郎は眉宇をひそめた。

「そうです。襲われた店はどこも年寄りか、か弱い女しかいない店だと聞きました」

「まことか……」

伝次郎も噂は聞いているが、そこまでは知らなかった。

「いったい、そんなことをどこで聞いてきた？」

「町の噂ですよ。もっともどこまでほんとうのことかわかりませんが、聞いているうちに腹が立ってきて……」

与茂七は口をねじ曲げて苛立ちを顕わにした。

「明日は御番所に行くことになっている。詳しい話を聞いてこよう。おまえが苛つくことではない。まあ、気を静めなさい」

伝次郎は立ちあがって台所に向かった。千草（ちぐさ）は店に出ているので、今夜は与茂七と晩酌をして食事をするだけだ。

「もうすぐ日が暮れる。一杯やるか」

座敷に向かって声をかけると、すぐに与茂七がやってきた。

「支度はおれがやります」

二

小網町（こあみちょう）の通りには、蔵地（くらち）の隙間をすり抜けてきた夕日の帯が何本もできていた。行き交う人の影が商家の板壁や天水桶（てんすいおけ）に映っていた。日のあたらない場所はもう暗く翳（かげ）っている。

崩（くずれ）橋をわたってきた浅吉（あさきち）は通りの途中で足を止めた。艾（もぐさ）問屋・信濃（しなの）屋の前だった。暮れようとしている夕日を受けた暖簾（のれん）が赤茶けて見えた。

寄っていこうか、それともあとにしようかと短く躊躇（ためら）いながら、店のなかを窺（うかが）うように見た。暖簾が夕風に揺れる度に、ちらちらと店の土間が見える。もし、おけいがそこにいて、目があえば会おうと思ったが、立ちはたらいている奉公人と客の姿しかなかった。

後まわしでもいいやと思い直し、そのまま足を進め、線香問屋と履物屋に挟まれている路地へ入った。そこが実家である長屋の木戸口だった。

奥の井戸端でおかみ連中が野菜を洗ったり切ったりしていた。家の前の七輪で秋刀魚を焼いているおかみもいた。

「あら、帰ってきたのかい」

開け放しの戸口を入るなり、母親のお初が顔を向けてきた。

「ひと仕事終わったけれど、すぐ戻らなきゃならないんだ」

「あらあら、忙しくなったね。それで夕餉は食っていくのかい？　いるんだったらすぐに作るよ」

お初はにこにこした顔を浅吉に向ける。明るい性格が取り得の屈託のない母親だ。

「ゆっくりもしていられないんだ。また仕事を受けたから……」

「そりゃよかったじゃないか。奉公先が見つかるまで遊んじゃいられないからね。ご苦労様ご苦労様」

「この頃家にいるのが少ねえじゃねえか。新しい仕事を受けたらしいが、どんなことをやるんだい？」

すぐそばの居間で仕事をしていた父親の弥平（やへい）が、作業の手を止めて顔を向けてきた。頭に捻（ねじ）り鉢巻きをして、汚れた腹掛けに半纏（はんてん）を羽織っている。

居職（いじょく）の錺（かざり）職人なので、まわりには金床（かなどこ）や金槌（かなづち）、金鋏（かなばさみ）、鑢（やすり）などが散らばっていた。作ったばかりの簪（かんざし）や煙管（キセル）などが無造作に置かれてもいる。

「それが、これから戻って聞かなきゃわからないんだ。ただ、手当がいいんで断ったらもったいないと思って受けることにした」

「手当がよけりゃ、それに越したことはねえ。飯食っていく暇もねえのか」

弥平は手鼻をかみ、股引（ももひき）にこすりつける。

「着物を取りに来たんだ。ずっと着た切り雀（すずめ）だから、もう一枚持って行こうと思って……」

浅吉は上がり口に腰を下ろした。

「熊野（くまの）屋さんは何も言ってこねえか。世話してくれるんじゃなかったのか？」

弥平は煙管に火をつけて吹かした。

「……あてにしていないから」

「だって世話するって約束だったんじゃねえか」

「まあ、旦那さんはそうおっしゃったけど、そんな余裕はない気がするんだ」

「新しい奉公先が決まらなきゃ、ずっとその日暮らしになっちまうぜ。せっついてみたらどうだ」

浅吉はそうだねと短く答えた。

熊野屋というのはこの夏まで勤めていた明樽問屋だった。奉公に行ってようやく商売のいろはを覚え、手代になった矢先に火事で店が焼けてしまった。主の文兵衛はそれを機に廃業を決め、雇っていた奉公人全員に暇を出した。

新しい奉公先を世話すると言ってはくれたが、それは話半分にもならないことだというのが浅吉にはわかっていた。結果、自分で奉公先は見つけるしかなかった。いくつかあたりはつけているが、まだ返事はもらえないままだ。

「浅吉、向こうで飯は食わしてもらえるのかい？　もらえないんだったら、むすびか何か作ってやろうか？　そうしてほしいんだったら、ちゃっちゃっとにぎっちまうよ」

お初が台所からやってきて言った。倅(せがれ)を思う母親の気持ちが嬉しかった。

「そうしてもらいたいけど、もう行かなきゃならない。早く戻ってこいと言われているんだ」

「そう、そりゃ残念だね」

浅吉は自分の着物を風呂敷に包むと、そのまま家を出た。

もう外は暮れていた。表通りに出ると、人の影が黒くなっており、居酒屋や料理屋の行灯(あんどん)に火が入れられていた。

大戸を下ろしている信濃屋の前に来ると裏にまわった。裏木戸を開けて、勝手口のそばにいた女中に声をかけた。

「すみませんが、おけいちゃんを呼んでくれませんか」

年増の女中はわかっているわよという顔に、小さな笑みを浮かべて奥に消えた。

浅吉は裏木戸の外に出ておけいを待った。

おけいは信濃屋の娘で、浅吉より五つ下の女だった。ひとつ屋根の下で暮らそうと誓い合ったのは、浅吉が手代になってすぐだ。しかし、その矢先に熊野屋が火事になったので、縁組は先延ばしにするしかなかった。

「浅吉さん……」

おけいが裏木戸から出てきたのはすぐだった。薄暗がりだが、おけいは嬉しそうに頬(ほお)をゆるめていた。はっきりした二重(ふたえ)で、黒い瞳が薄闇のなかでも光っていた。

「帰ってきたのね」

おけいは体を寄せてきた。浅吉はそっと手を差し出し、おけいの手をにぎり指を絡めた。やわらかい肉の感触が浅吉を上気させる。匂い袋を懐(ふところ)に忍ばせているらしく、その匂いが鼻をくすぐった。誰もいない裏通りなので、そのまま抱き寄せたいが、ぐっと我慢する。

「これからまた戻らなきゃならないんだ」

「もう……」

落胆した声と同じように、おけいはつまらなそうな顔をした。

「手当のいい仕事を受けたんだ。その仕事が終わったら、あたっている奉公先に話をしに行くつもりだ」

「それでいつ帰ってくるの？」

おけいは黒い瞳をまっすぐ向けてくる。

「仕事は十日から半月だと言われている」

「半月も」

さらにおけいの声は低くなった。

「仕事のことはこれから戻って聞くことになっている」

「そう、それでどこに寝泊まりしているの？」

「世話人がいて、その人の家だ」

「それじゃ、半月は会えないのね」

「十日で終われば戻ってくる」

「そうなってほしいな。ねえ、わたし、おとっつぁんに頼んでみたの」

「それで……」

浅吉は目を光らせた。おけいの店で雇ってもらえるならそれに越したことはない。

「いまは人が足りているから難しいって。でも、何か考えると言ってくれたわ」

「何か考えるってどういうことだろう？」

浅吉は疑問を口にしながら、おけいの親が奉公先を世話してくれるのかもしれないと思った。もしくは、無理を承知で雇い入れてくれるのかもしれない。

「わたしにはわからないけど、すぐには返事できないって……」

浅吉はがっかりした。もし雇ってくれるなら、いまから世話人の家に戻って新しい仕事を断ろうと考えたのだ。

「とにかく、遅くても半月後には戻ってくる。そのときは何かうまいものを食べに行こう」

「うん。楽しみにしているわ」

「それじゃ、行かなくちゃならないから……」

浅吉は後ろ髪を引かれながら、おけいと絡めていた指を離した。

三

浅吉は暗い道を星明かりと月明かりを頼りに歩いた。ほんとうは行きたくないという気持ちがある。しかし、引き返せないという後悔を引きずっていた。

(金に釣られてしまった)

唇を引き締め、風呂敷に包んだ小袖(こそで)を強く胸に抱きしめた。永代橋(えいたいばし)の向こうから提灯の灯りがやってくる。男と女だ。男が女の足許を提灯で照らしていた。

川風が浅吉の頬を撫でてゆく。前から来る男女との距離が詰まった。女が小さな声でくすくすと笑った。楽しげな笑いだった。男の顔を見て笑んだのもわかった。

やがてその女の顔がはっきりした。まだ若い。おそらくおけいと同じぐらいの年頃だ。男はお店の奉公人のように見えた。浅吉より年上だろうが、それでも三十には届いていなさそうだ。ほっそりした体つきにすっきりした顔立ち。女と何度も視線を交わしながら、小声で話している。

やがて浅吉とすれ違った。ちらりと目があうと、男は少し硬い表情をしてすぐに視線を外した。恋仲だろうか？　それとも夫婦か？

浅吉は軽い嫉妬を覚えた。自分もああやっておけいと仲良くしていたい。でも、いましばらくは辛抱しなければならない。

夜風を受けながら歩く浅吉は、何もかもあの火事がおかしくしたのだと思った。そして、あの口入屋に行かなければよかったとも思った。我知らず深いため息が漏れる。

永代橋をわたると足が重くなった。行きたくない。だが、行かなければもっと悪いことが起きる。そのことが怖かった。

今度の仕事で終わりにしなければならない。手当はいいが、これで最後だと自分に言い聞かせた。

「よく戻ってきた」

利助（りすけ）という手代が迎え入れてくれた。小太りの丸顔でにこやかな顔をしているが目は笑っていない。最初に会ったときに人あたりのよい男だと思ったが、これがくせものだった。

「家は近いんで……」

「そうだったな。ひょっとすると、戻ってこないんじゃないかって心配していたんだ。まあ、奥に行って休んでくれ」

利助は浅吉をうながしながら飯は食ったかと聞いた。まだだと答えると、奥ににぎり飯があるので、それで腹の足しにしろと言った。

「すみません」

浅吉は奥の間に入った。暗い四畳半だった。隅に行灯（あんどん）が置かれており、寝そべっていた浜田正三郎（はまだしょうざぶろう）という男が半身を起こした。

「帰って来たか。飯がある。食いな」

「はい」

浅吉は着物を包んだ風呂敷を置き、きちんと膝を揃（そろ）えて座ると、平盆に載せてあるにぎり飯に手を伸ばした。湯呑みと急須（きゅうす）も置かれていた。

「家に帰ってきたらしいな。近いのか？」

浜田正三郎が煙管（キセル）に刻みを詰めながら聞いてきた。黒い馬面（うまづら）には暗い過去を背負ったような翳（かげ）があった。

「小網町です」

「それじゃすぐ近所ではないか」

正三郎は紫煙を吹かした。そこは深川相川町（あいかわちょう）だった。正源寺（しょうげんじ）裏の一軒家だ。

「親は達者なのか」

「おかげさまで……」

浅吉は飯を呑み込んで、茶を淹（い）れた。すでに冷めていたが、水代わりだと思えばいい。

「浜田様はお武家様ですよね」

見るからに浪人の風体だが、浅吉はそう言った。初めて会ったのは今日の昼間だ。

「お武家というほどの者ではない。仕官先がなく、まあ、家督の継げぬ部屋住みで肩身の狭い侍だ。ひょっとして徳蔵の紹介できたのか？」

正三郎は詮索してくる。いろいろ知りたがるのはわかる。それは浅吉も同じだ。

「そうです」

徳蔵というのは葺屋町にある口入屋だった。

「すると、おれと同じだな。世話人からどんな仕事なのか聞いているか？」

「いえ、それがまだなんです。浜田様はお聞きになっていますか？」

浅吉は聞き返した。もっとも気になっていることだ。

「まだ聞いておらぬ。なにせ日に二分の手当だと言うから飛びついたまでよ。おぬし、仕事はしていなかったのか？」

「明樽問屋に奉公していましたが、夏の火事で店が焼けて、そのまま廃業になったんです」

「そりゃ気の毒な。そういうおれも家が焼けちまってな。行くところに難儀したが、ひとまず親戚の家に居候よ。この仕事が終わったら早速家を借りるつもりだ。他人に迷惑をかけちゃ悪いのでな」

正三郎は灰吹きに煙管を打ちつけた。見た目は暗いが、結構話し好きな男だ。

「世話人には会ったかい？」

「はい、一度だけですが……」

「おれはまだ会っていないのだ。どんな人だね？」

「どんなって……賢そうな人です」

浅吉はにぎり飯をもう一個つかんだ。世話人は惣五郎という三十過ぎの男だった。最初の仕事を引き受けたとき、穏やかな口調で造作ない仕事だから気楽にやってくれと言われた。それで日に一分の仕事だった。

日に一分と言っても、実際にはたらいたのは半日もかからなかった。拘束された日が五日だったので、それで五分もらった。つまり、一両一分である。半日仕事の他は、のらりくらりと暇をつぶしていればいいだけだった。

「おれはこの仕事を受けるのは初めてだが、おぬしは何度目だ？」

「二度目です」

「ほう、すると前に仕事をしているのだな。それはどんな仕事だった？」

正三郎は興味津々の顔を向けてくる。

「楽な仕事でした。道の角に立って、人が来ないか見張っているだけでしたから……」

「見張り……。それでいくらもらった？」

「一両一分でした。それでやめるつもりでしたが、今度は日に二分の手当を出すのでやってくれと頼まれましたので断りづらくなりまして……。十日から半月ほど雇われる約束ですから十日で五両になります」

「そうなのだ。おれもこれはうまい仕事だと思ったのだ。されど、どんな仕事かわからぬ。口入屋の徳蔵もそれは世話人から聞いてくれと言っただけだからな。それにしても、見張りというのは気になるな……」

正三郎はうなるような声を漏らして腕を組んだ。

## 四

翌朝、伝次郎は与茂七を連れて南町奉行所に向かった。空は高く晴れあがっており、気持ちのよい日だった。すでに八つ（午後二時）近くになろうとしている。町屋にはのんびりした空気が流れ、風も涼気を運んでくる。過ごしやすい日和で、堀端に伸びている薄も気持ちよさそうに揺れていた。

伝次郎が町奉行所に足を運ぶのは、奉行の筒井伊賀守政憲に呼ばれたときである。訪問時刻が遅いのは、筒井の下城の時間に合わせるからだ。

月番の町奉行は毎日四つ（午前十時）に登城し、城内で諸々の打ち合わせや報告すべきことを言上しなければならない。帰邸するのは概ね八つ頃である。

訴訟を片づけるのはそれからであるが、評定所の式日にも出席し、月に三日ある内寄合にも出て北町奉行との事務打ち合わせも行う。

そんな多忙な奉行が伝次郎を呼ぶのは、それ相応の大事な用があるからだった。伝次郎は元は同心であったが、一旦町奉行所を離れ、再度出仕した形になっている。待遇は内与力並である。内与力は奉行の腹心の部下で、奉行が異動になればそれについていく。だが、伝次郎には〝並〟がついているからそれに相当しない。いわば臨時の家来ということである。

さりながら筒井は、伝次郎に厚い信頼を寄せており、おのれの右腕として使っている。また、伝次郎も筒井の人柄に好意を寄せており、今日のように呼ばれるとなにゆえか心浮き立つものがある。

それは筒井に私心がないということもあるし、下情に通じ、江戸市民を愛育しようという気持ちがあるからでもあった。

「ここで待っておれ」

表門を入ったところに待合用の腰掛けがある。伝次郎はそこに与茂七を待たせ、表玄関ではない玉砂利の敷かれた庭をまわり込み、内玄関から用部屋に入った。内玄関は奉行が日々出入りするところで、裏玄関とも呼ばれている。

用部屋に入って間もなく、奥の襖が開いた。伝次郎は平伏す。

「沢村、呼んだのは他でもない」

畳をする足音で筒井ではないとわかった。そして、その声は内与力筆頭の長船甲右衛門だとわかった。面をあげよと言われたので、伝次郎はそうした。

目の前にしみの散らばった白くて長い顔があった。奉行の用人である。厳粛な目を向けてくる。

「近頃、市中で不審な賊が横行しておる」

甲右衛門は早速本題に入った。巷間（こうかん）噂されている押し込み強盗のことだと察した。昨日も与茂七から散々その噂を聞かされている。

「耳にはしておりますが、詳しいところまでは……」

「うむ。正直手を焼いておるのだ。当初は金のある年寄りを狙っての賊だと考えていた。町外れの家を狙い、非力な年寄りをがんじがらめに縛りつけ、金目のものを盗んで逃げるだけだった。ところが、このところ賊は手荒いことをやりおる。押し込んだ家の金を盗むだけでなく、家人の殺害に及んでおる。おそらく口封じのためであろうが、天にあるまじき所業。お奉行は本日、ご多用であられる。わたしが代わってそこもとに指図するように申しつかっておる」

甲右衛門はそう言ったあとで、これまで被害に遭った家のことを詳（つまび）らかにした。

賊は当初深川と本所（ほんじょ）の外れにある家に押し入っていた。いずれも老夫婦だけが住む家である。女中や下男を置いている家もあったが、非力な女と小心な下男なので賊が手を焼くことはなかったと考えられる。

その後、賊は江戸の郊外と言ってもよい浅草今戸町（あさくさいまどちょう）や駒込（こまごめ）、あるいは巣鴨（すがも）、そして目黒界隈（めぐろかいわい）に出没した。いずれも殺しはやらず、金や金目のものを盗むだけだったという。

ところがここ最近になって、品川や上野、あるいは音羽、麹町などに出没し、盗みをはたらくと同時に殺しをやっている。

「その数、両手の指では足らなくなった。両町奉行所はもちろん、火付盗賊改方も探索に乗り出しておるが、賊の尻尾はつかめぬままだ」

「その賊はずいぶん手広くやっているようでございますが、同じ賊の仕業でございましょうか？」

甲右衛門はわからぬと首を振った。

「賊を見た者は？」

「殺されなかった老夫婦たちから聞き取ったことがある。その者たちが言うには、賊は三人あるいは四人だという。そして、頭巾を被っていたが、声や身のこなしから、まだ若い男たちだろうということだ」

「他にわかっていることは？」

この問いに甲右衛門は苦渋の色を顔に浮かべた。

「賊を炙り出す手掛かりが見つからぬ。さようなことだから火盗改も、これでは袋小路に立たされているのと同じだとぼやいているそうな」

火付盗賊改方（火盗改）は、俗に〝加役〟と呼ばれることが多い。これは本役が御先手組で、それに加えられた役だからだった。その職務は、町奉行所と同じく犯罪の捜査と検挙であるが、独自に審問から裁判を行い、そのやり方は少々手荒く、悪党連中に怖れられる存在だった。

「袋小路に立たされているのは御番所も同じだ。そこでお奉行は沢村の手を借りようとおっしゃった。さようなわけで、そこもとにひとはたらきしてもらう」

「承知いたしました。ただ、何も手掛かりがないというのでは、それがしも手のつけようがございませぬ。どんな些細なことでもかまいませぬが、教えていただけませぬか」

「そう言うであろうと思うておった」

あまり笑わない甲右衛門が、片頬に小さな笑みを浮かべた。

「松田久蔵に会え」

伝次郎ははっと目をみはり、ついでその目を輝かせた。

# 五

松田久蔵に会えたのは、その日の暮れだった。すでに日は翳り、町には薄い靄が漂っていた。店仕舞いをはじめている商家があり、家路を急ぐ職人や侍の姿が見られ、買い物を言いつかったらしい子供が、ぱたぱたと草履の音を立てて青物屋に飛び込んだ。

「出張ってきたか……」

久蔵は伝次郎の顔を見るなり、開口一番に言った。伝次郎の元先輩同心で、いまは同心年寄役だ。細身で色白の整った面立ちだが、いまは渋みが増している。

「見廻りに出ておられるのはわかっていましたが、ずいぶん捜しました。会えなければ、夜にでも組屋敷に押しかけようと思っていました」

伝次郎は半ば冗談を交えて言った。

そこは楓川の南端に架かる弾正橋に近い茶屋だった。

「お奉行からのお指図か……」

「さようです」

直接命令したのは長船甲右衛門だったが、伝次郎はそう答えた。

「巷で噂になっている賊のことです。あらましはご用人の長船様から聞いていますが、詳しいことは松田さんに聞けと言われましたので……」

「厄介だぞ」

久蔵は湯呑みを緋毛氈に置いて言った。

「賊の尻尾がとんと摑めぬのだ。わかっているのは襲われた商家のことだけだ。それも死人に口なしだから、賊の正体はわからぬ。わかっているのは、運よく殺されずにすんだ者たちからの証言のみだ」

殺されなかったのは、一連の事件発生当初に襲われた者たちだ。それもみな年寄りだと聞いている。久蔵も同じようなことを口にした。

「殺されなかった者たちは何と……？」

久蔵は間を置いて、自分の連れている小者たちを眺めた。八兵衛と貫太郎だ。伝次郎とも顔なじみである。

「わかっていることだけを言えば、押し入ってきた者たちは三人から四人。いずれも頭巾を被っていたので顔は見ておらぬ。ただ、声の感じや身のこなしなどから若い男たちだったと思われるということだけだ。賊の落とし物も足跡もなにも見つかっておらぬ」

「侍だったのか、それとも町人風情だったのかは……？」

「刀を差している者と差していなかった者がいるらしい。おそらく表には見張りが立っていたはずだ。つまり四人で押し入ったときには、少なくとも賊の数は五人。さりながら、これもまだはっきりとはわかっておらぬ」

「火盗改も動いていると聞いていますが、そちらからの種（情報）は？」

久蔵は口の端を緩め、ふっと笑った。

「種があっても教えてはくれぬだろう」

それは伝次郎にもよくわかっている。町奉行所の探索方と火盗改にはある種の確執がある。火盗改の探索は強引である。躊躇わず斬り捨て、証拠を台無しにすることもある。綿密な調べのうえに、悪党を捕縛する町奉行所のやり方とは一線を画している。

「松田さんの調べはどこまで進んでいるんです？」

久蔵はひょいと首をすくめた。

「いまは達磨さんだ」

手も足も出ないということだ。しかし、何か手掛かりがあるのではないかと伝次郎は考える。

「手掛かりに近いものもないので……」

「そこだよ。それを探しているのだ。今日は品川まで行ってきたが、賊を見かけたという者もいなかった。そもそも、襲われた商家のほとんどが人通りの少ない町外れだ。やつらは人気のない場所を選んでやっている」

「人目につきやすい大きな商家は狙っていないということですか……」

「大店には住み込みの奉公人が少なくない。主の身内もいる。大店を襲うのは大がかりな仕事だ。やつらはそれをやらない。あるいはできぬのかもしれぬ」

伝次郎は思慮深い目を遠くに向けた。弾正橋をわたっていく人の影が黒くなっていた。

「賊の数はさほど多くないのでは……」

「おれもそう考えている」

久蔵はそう言ってから、伝次郎に顔を向けた。

「明日はいっしょに動いてみるか。おぬしが助にまわってきたからには、何としてもこの一件はおれたちの手で片づけようではないか」

「望むところです。で、明日は？」

「上野へ行ってみる。他の連中も動いているから遅いかもしれぬが、無駄を承知で詮議したい」

「承知しました」

明朝、落ち合う場所と時刻を決めると、伝次郎はその場で久蔵と別れた。ほんとうなら久しぶりに一献傾けたかったが、久蔵は品川まで行っての帰りなので疲れているだろうと慮ったのだ。

「旦那、粂さんに知らせておきますか」

茶屋を離れるなり与茂七が言った。

「おまえもだんだん気が利くようになった。呼んできてくれ。おれは千草の店で待っている」

そう言うと、呑み助の与茂七の顔が緩んだ。

千草の店は本八丁堀五丁目、亀島川に架かる高橋の西詰にあった。「桜川」というのが店の名だ。

「条吉さんも来るんですね」

伝次郎から話を聞いた千草はにこやかな顔で言った。他に客はいなかった。

「うむ。やつの分も何か見繕っておいてくれ。まだ飯は食っていないだろう。おれには、ぬるい燗を頼む」

千草はすぐに板場に入り、栗飯を作ったので、しめに食べてくれと言った。

伝次郎が蓮根の酢の物を肴に盃を傾けていると、与茂七が条吉を連れてあらわれた。

「話は聞きました。噂になっている賊のことですね」

条吉は伝次郎の酌を受けながら言った。

「明日から動く。松田さんといっしょだ」

そう言うと、条吉は目を輝かせた。条吉は松田久蔵と同輩の同心、酒井彦九郎についていた小者だったから旧知の仲である。その彦九郎は残念なことに亡くなっている。

「与茂七、飲み過ぎるでないぞ。明日から大事な仕事だ」
伝次郎が釘を刺すと、
「わかっていますよ」
与茂七はぐびりと盃を空けた。

六

翌朝は雲が多かった。だからといって曇っているわけではなく、薄いうろこ状の雲が散っているだけで、日差しはその雲の隙間からこぼれている。

伝次郎は粂吉と与茂七を連れて上野に向かっていた。久蔵との待ち合わせは、五つ(午前八時)だった。

場所は上野黒門町の自身番横の茶屋である。まだ五つまでには余裕があった。

与茂七は歩きながら、昨夜千草が作ってくれた栗飯がうまかった、海老の天麩羅と鯵のたたきは酒の肴にはやはりもってこいだ、などと勝手なことをしゃべっていた。粂吉はそれを聞き流しているふうだ。

伝次郎は賊のことをあれこれ考えていたが、まったく手掛かりがないので、どこから手をつけていけばよいか、賊はなぜ人気のない商家ばかりを狙っているのかなどと考えていた。しかし、まだ調べはとば口である。焦ることはないと自分に言い聞かせる。

待ち合わせの場所には、久蔵がすでに待っていた。そばに八兵衛と貫太郎もついている。

「粂、元気であったか？」

久蔵は粂吉の顔を見るなり声をかけた。

「へえ、ご覧のとおりでございます。ご無沙汰をしております。旦那もお達者そうで何よりです」

「伝次郎につけて、おぬしは果報者だ」

はっはっはと久蔵は短く笑い、早速まいるか、それとも一休みするかと伝次郎に聞いた。

「行きましょう」

伝次郎が答えると、久蔵は座っていた床几に心づけといっしょに茶代を置いて立ちあがった。

向かうのは池之端七軒町である。六人は伝次郎と久蔵を先頭に不忍池の畔を辿った。岸辺に繁茂している薄が、雲の隙間から差している日の光に輝き、秋風に揺れていた。蓮の葉を浮かべた池の水面にさざ波が立ち、鴨の群れが泳いでいる。池の向こうにある寛永寺の杜には薄い紅葉が見られた。

「襲われたのは、この店だ」

久蔵が案内をしたのは、池之端七軒町の東側、不忍池側だった。ほんとうに町外れである。右隣は心行寺、左隣は下谷茅町二丁目。まだ朝のうちだから人通りはあるが、夜にもなればその数はぐっと減る場所だ。

襲われた店は線香や蠟燭を商っていたらしい。間口一間（約一・八メートル）の小さな店で、看板に「出雲屋」とかすれた文字が哀れに見えた。

「殺されたのは、この店の主夫婦だ。八日ばかり前のことだ。いかほど盗まれたか、それはわかっておらぬが、聞き込みで、盗まれたのは少なくとも五十両から百両ではないかと推量できる」

伝次郎は久蔵の話を聞きながら、隣近所に視線を配っていた。

「夫婦二人での商いだったので……？」

伝次郎は久蔵に顔を戻した。

「使用人はいなかった。亭主は六十一、女房は五十八。広小路にある松富屋(まつとみや)という太物(ふともの)問屋に倅が勤めているが、賊についてはまったく心あたりがないと言う。恨まれるような親ではなかったということも、近所の聞き込みでわかっている」

「賊を見た者は？」

「いない」

店はそのままのようだから、伝次郎は見ていいかと訊(たず)ねた。かまわぬと久蔵が答える。

表戸は手をかけると、すぐに開いた。土間には線香や蠟燭などの商品が残されていた。

薄暗い店のなかに遅れて入ってきた久蔵が、勝手に説明をつづけた。

「賊が押し入ったのはおそらく夕刻だ。近所の店が表戸を閉めた頃だと思われる。亭主はそこで……」

久蔵が指さしたのは土間だった。それから土間奥の台所を見て、そこに女房が倒れていたと言った。

「いずれも腹を深く抉られていたらしい。おれが検めたのではないが、たしかなことだ」

「賊は店に入ってくるなり夫婦を殺して、金を盗んで立ち去ったということですか」

「そうなる」

「騒ぎの音や悲鳴などを聞いた者は？」

伝次郎は久蔵に顔を振り向ける。久蔵はかぶりを振った。

犯行は手際よく行われたと考えるしかない。

「賊が入る前にあやしい者を見た者はいないのですか？」

「いまのところ、そんなやつを見たという者はおらぬ」

伝次郎は帳場にあがり、その奥の部屋を見てまわった。事件当時は荒らされていただろうが、いまは片付いている。

「賊はこの店に大金があるのをどこで知ったんでしょう？」

「そこがもっとも気になることだ。この店だけではない。襲われた他の店も同じだ。

賊はその辺のことを綿密に調べたと考えるしかない。さて、どうやって調べたかだ」

（どうやって調べたのだ……）

伝次郎は自問しながら店のなかに視線を這わせる。気になるものはない。

「松田さん、聞き込みをしてみます」

「よかろう」

伝次郎は表に出ると、粂吉と与茂七に聞き調べの指図をした。久蔵たちも同じように調べにまわった。

半刻（約一時間）ほど聞き込みをしてまわったが、賊に繋がる証言は得られなかった。昨日、調べは達磨さんだと久蔵が言ったのがよくわかった。

しかし、ここであきらめるわけにはいかない。

「この店の倅は広小路の店にいるのでしたね」

「松富屋という太物問屋だ。名は清吉。会うか？」

「一度話を聞きたいと思います」

「よかろう。おれは他にまわるが、これがこれまで賊に襲われた店だ」

久蔵はそう言って、書付をわたしてくれた。それには襲われた店の場所と日付が記されていた。

「助かります」

伝次郎は礼を言った。

「何かあったらおれの屋敷に知らせてくれ。おれのほうで何か動きがあったら、いかがする」

「わたしの家か千草の店にお願いいたします」

「わかった。千草殿は達者か？」

「お陰様で」

「では」

久蔵は伝次郎の肩をぽんとたたいて、そのまま歩き去った。

## 七

つぎの仕事まで二日だと言われたが、まだその気配はなかった。その間、浅吉は正源寺裏にある世話人の家でごろごろしていた。同部屋の浜田正三郎は身を持て余しているが、利助という手代に家から出ないでくれと釘を刺されているので、ふて寝をしたり寝転がって絵双紙をめくって暇を潰していた。

身を持て余すのは浅吉も同じで、なんだか監禁されているような気になっていた。それでも、何もしなくても日に二分はくれると言うから我慢するしかない。

「おい、浅吉」

寝そべっていた正三郎ががばりと半身を起こして、浅吉をまじまじと見てきた。

「はい」

「考えてみれば、これは楽な仕事だな。何もせずに日に二分をもらえる。このまま十日か半月、何もしなくて金をもらえるならこれ幸いだ。されど、そういうわけにはいかぬだろう。いったいどんな仕事をおれたちはやるのだ？　おまえは一度仕事をしたと言ったな。それも見張りだったと……」

「さようです」

「何を見張っていたのだ？」

「何をって、町の角に立って、人が来たら手代の利助さんに知らせることになっていました。ただ、それだけです」

正三郎は目を据えて見つめてくる。思案げな顔だ。

「そのとき利助は何をしていたのだ？」

「何って、ある店の前にいただけでした」

浅吉はそう言ったが、薄々気づいていた。見張りで立ったのは、北本所番場町の南外れの路上だった。利助は人が来たらすぐに知らせろと言って、一軒の小さな店の軒下に隠れるようにして立っていた。その店はあとで知ったことだが、近江屋という質屋だった。

見張りの時間は小半刻（約三十分）ほどで終わり、浅吉は利助といっしょにいまいる世話人の家に戻ってきて、約束の金をもらった。

帰る道すがら浅吉は利助にいったいあの店で何をしていたのだと聞いたが、

——何も知らなかったことにしろ。おまえさんは何も見ていないし、何も知らない。それだけだ。

と、いつになく強い口調で言われた。

「それで手当をもらったのか？」

浅吉がうなずいたので、正三郎は無精ひげの生えた顎をさすって短く思案し、

「今度もそういう仕事かな。だが、どうも臭い。よからぬ仕事のような気がする」

と、つぶやいた。

浅吉もそんな気はしていた。こんなうまい話は滅多にあるものではない。おそらくまともな仕事ではないと考えている。しかし、背に腹は代えられない。いまは金が必要だった。

「だが、まあいいだろう。やってみればわかることだ。おれは金をもらえればいいだけのことだ」

正三郎はそう言うと、また横になった。

浅吉はぼんやりとそんな正三郎を眺め、開け放してある雨戸の外を眺めた。小さな庭があり、その先は寺の壁で、本堂の屋根越しに薄曇りの空が見えた。

暇に飽かして二人は互いのことを話した。正三郎は武家に生まれたが、長男でないので部屋住みとして肩身の狭い思いをしている。この仕事は身過ぎのためだが、親の世話を受けずに身を立てるためにはやらなければならないと、切羽詰まった顔で言った。

それは浅吉も同じだった。おけいといっしょになるためにも、つぎの奉公先が決まるまで遊んで暮らしてはいられない。火事のせいで廃業に追い込まれた熊野屋から二月分の給金をもらい損ねている。手許不如意もいいところだった。

その日の夕暮れ、家の表口でいくつかの声がし、廊下に慌ただしい足音がして近くの部屋に何人かが案内されたのがわかった。

気になった浅吉は茶を運んできたおりきに、誰か来たのかと訊ねた。おりきはこの家の女中仕事をしていて、茶や食事を運んでくる。すまし顔で無駄なことは言わない女だが、小柄で肉づきがよく、胸元にのぞく肌は桃色をしていて色気があった。

「お仲間が来たんですよ。浅吉さんたちといっしょに仕事をする人です」

おりきはやはりすまし顔で端的に答え、わたしはよくは知らないんですと、大きくも細くもない目を向けてくる。ぽっちゃりした唇が赤い。

「仕事は何人でやるんだね？」

おりきは首をかしげ、それは世話人さんが差配されますからと言って部屋を出て行った。

近くの部屋で話し声がしていたが、それは間もなくしなくなった。

おりきが運んできた茶を飲んでいると、障子が開いて手代の利助が顔を出した。

「浅吉さん、世話人が話があるそうです。来てください」

「いまですか……」

「へえ、大事な話みたいです」

そう言った利助はちらりと正三郎を見て浅吉に顔を戻し、ついてきてくれと言った。

世話人の惣五郎は奥の間で待っていた。八畳の部屋で火の入っていない長火鉢の横に座り、浅吉を短く眺め、そこに座ってくれと自分の目の前にうながした。

細身で背が高い色白の男だった。切れ長の目に削げた頰。薄い唇の端に、小さな笑みを浮かべていた。

部屋の隅には片膝を立てた浪人が座っていた。浅吉を見たが、すぐに視線を外した。

「お話があるそうですが、仕事ですか?」

浅吉は用心深く聞いた。惣五郎はえもいわれぬ雰囲気を身にまとっているので、気後れしてしまう。

「仕事の前にたしかめたいことがあるんだ。おまえさんの親は達者そうだな。父親は腕のいい錺職。母親は朗らかで近所でも評判がいいと聞いている。親子の仲も悪くない」

浅吉は目をしばたたいた。いつ、そんなことを調べたのだろうと思った。

「それからおまえさんには許嫁がいる。艾問屋・信濃屋の娘で、いい女だ。おけいという名らしいな。いや、このことはこの前仕事をしてもらう前にわかっていたことだが、間違っちゃいないかい？」

惣五郎は相変わらず口辺に小さな笑みを浮かべて聞いてくる。

「おっしゃるとおりです」

「今度の仕事はちょいと大がかりなんだ。しくじられると困るのでね。もし、しくじったりわたしを裏切るような真似をすれば、おまえさんの両親もおけいも無事にはすまされない」

浅吉はにわかに心の臓をふるわせ、顔をこわばらせた。

「まあ、わたしの言うことを守っていればいい暮らしができるようになる。信じてもらいたいんだよ」

「あの、無事にはすまされないというのは、どういうことでしょう」

「安泰ではいられないということだよ。わかりやすく言えば、長生きできないということかな」

惣五郎はふっと笑みを浮かべ直したが、目は冷たく笑っていなかった。浅吉は脅されているとわかった。

「裏切りは許さないからね」

# 第二章　闇夜の舟

一

その日、伝次郎は与茂七に猪牙舟の操船をまかせ、深川石島町を離れたところだった。

一連の事件が同じ賊の仕業だと考えるならば、先ほど訪ねてみた深川石島町の医者・緑安が最初の被害者と考えられた。緑安は夜中に突然押し入ってきた賊に猿ぐつわと目隠しをされ、有り金を盗まれていた。

また、金の他に価値のある脇差も盗まれたと言った。それは日向正宗で、家伝の名刀らしいが、その価値がいかほどなのかは不明である。

緑安は妻と二人暮らしだが、日中は手伝いの女中と下男を雇っている。しかし、賊に入られたのは夜更けで、しかも寝込みを襲われたのでなす術(すべ)がなかったと唇を噛みしめた。

殺されなかったのはさいわいだが、盗まれた金は五十両だと言った。しかし、それは多めに言ったのかもしれない。

賊の顔も見ていなければ人数もわからない。しかし、町方同心の調べには三、四人でみんな若い男だった気がすると証言している。

伝次郎は遅ればせながらの聞き調べだが、こういったことを疎(おろそ)かにしたくなかった。だが、緑安とその妻の話から賊を割り出すことは難しかった。近所にも聞き込みをかけたが、賊の手掛かりをつかむことはできなかった。

与茂七は猪牙舟を操りながら、船中に腰を下ろし手にした書付を読んでいる伝次郎を見た。

「旦那、このまま今戸まで行くんですか？」

聞かれた伝次郎は書付から顔をあげた。

「いや、北本所番場町へ向けてくれ。このまま大横川(おおよこがわ)を上っていけばよい」

大川に一旦出て行くより、そちらのほうが流れが緩やかなのでそう指図したのだ。

伝次郎は再び、書付に視線を戻した。

順番からいけば、浅草今戸の小間物屋・平田屋であるが、近場から調べていこうと考えていた。

手にしている書付は、松田久蔵からもらった書付を整理して書き直したものだった。

二番目に襲われたのは浅草今戸の小間物屋・平田屋で、それから順に駒込の庭師・佐平宅、巣鴨の提灯屋・重蔵宅、品川の鼈甲簪屋・讃岐屋、池之端七軒町の出雲屋、北本所番場町の質屋・近江屋、御蔵前の札差・備前屋となる。

すべてをまわって調べたいが、いまは久蔵と手を組んでいるので、少し省くことができた。

書付から顔をあげて、舟の先を見る。先日、池之端七軒町の出雲屋を見たあとで、出雲屋の倅が勤めている松富屋に行って話を聞いた。倅の名は清吉で、店の手代だった。

すでに探索中の同心から何度か話を聞かれているので、またですか、と清吉は少々辟易(へきえき)顔をしたが、伝次郎の聞くことには素直に答えた。

清吉は店が襲われた原因については思いあたることはなかった。また、親を恨んでいるような者にも心あたりはなかった。盗まれた金の高(たか)であるが、これは清吉の証言で少なくても五十両、多くて百両となっていた。

なぜ、その金のことを知っているかと聞くと、以前父親にそんな話を聞いたことがあると言った。また清吉の父親は近所の者に、ときどき自分の持ち金のことを自慢していた。

その自慢話を聞いた者は、話半分としても五十両ぐらいは貯め込んでいたのではないかと言っている。

さっき訪ねて行った医者の緑安も、五十両の被害を受けている。本人がそう言うのだから疑ってもしかたないが、実際はもっと少なかったかもしれない。

(大事なことは、いかにして賊の尻尾をつかむかだ)

伝次郎は真剣な目を川岸に向ける。薄の穂が揺れていれば、芙蓉(ふよう)の花が水辺に漂っていた。どこからともなく風に運ばれてくる金木犀(きんもくせい)の匂いが鼻をくすぐった。

猪牙舟を操る与茂七を振り返ると、何か、と聞いてきた。

「なかなか様になってきたな」

伝次郎が褒めると、与茂七は相好を崩した。

「もういつでも、あいつは船頭になれるんじゃないでしょうか」

粂吉も与茂七を眺めて言った。

与茂七は猪牙舟を大横川を北上させ、それから隅田川に出ると、浅草諏訪町の対岸にある普賢寺に近い岸に着けた。そこから歩いて近江屋という質屋に向かった。店は北本所番場町の南外れにあった。東側は大名屋敷、西側は旗本屋敷で東西に流れる用水を挟んだ南側は武家地だ。

町の外れにあるので、夜ともなれば人気の少ない場所だというのはすぐにわかる。

「賊を捜していただけるのはありがたいですが、御番所は何度も同じことをお訊ねに見えるんですね」

伝次郎の訪いを受けた近江屋の主は、半ば迷惑そうな顔をして手許にある算盤をジャーッと鳴らして答えた。

「これまで調べに来た者に何か伝え忘れたことはないか、どんな些細なことでもよいから思い出してもらいたいのだ」

伝次郎の問いに近江屋は腕を組んでしばらく考えたが、

「いや、もうお話しすることはすべて話していますので……」

と、腕をほどいた。

それから襲われたときのことを何度も話しているらしく、細部にわたって流暢（りゅうちょう）にしゃべった。伝次郎は静かに耳を傾けていたが、賊を捕縛する手掛かりになるようなことは得られなかった。

話し終わった近江屋は、さかんに盗まれた金を取り返してもらいたいと懇願（こんがん）した。

「金を取り戻せるかどうかはわからぬが、賊は何が何でも捕まえる。とにかく二度と盗人（ぬすっと）に入られぬよう注意することだ」

店の表に出ると、近所で聞き込みをしていた粂吉と与茂七が駆け寄ってきた。

「近所の者は近江屋が襲われたことには、何も気づいていないようです。近江屋が翌朝騒いだので、それで知ったと言います」

粂吉が報告すれば、あとを与茂七が引き取った。

「襲われる前にあやしいやつを見たという者もいません。襲われる半月か十日前のことを聞くと、そんな昔のことは覚えていないと言います。まあ、よほど気にしていなければ、気づく者はいないでしょうが……」

「そうか。近江屋からも、手掛かりになるようなことは引き出せなかった」

伝次郎はそう言って、一度空を仰ぎ見た。まだ日は高い。

「与茂七、つぎは今戸だ」

## 二

猪牙舟は静かに神田川を上っていた。月も星も雲の向こうにあり、周囲の町屋は闇に包まれていた。昌平橋をくぐり抜けると町屋が切れ、さらに闇が濃くなった。両側の崖に茂っている薄が闇のなかに浮かび、川風に揺れていた。梟と夜鴉の声が聞こえ、さらに遠くで鳴く犬の声もした。

舟には浅吉と浜田正三郎の他に男二人、そして手代の利助が乗っていた。船頭も世話人の知り合いらしく、利助はみんな仲間だと言った。

二人の男は、前の晩に正源寺裏の世話人の家に来た者で、辰吉と新助という名だった。二人とも二十歳前で丈夫そうな体つきだ。

浅吉と正三郎がその二人を紹介されたのは、今朝のことだった。今夜いっしょに仕事をやる仲間だと世話人の惣五郎に言われただけで、あとのことは何もわからなかった。また辰吉と新助も口が重く、聞かれたことに答えるだけで無駄な話はしなかった。

自然、浅吉も正三郎も無口になり、会話はほとんどない。というより、浅吉は心をざわつかせていた。これからやることを教えられたとき断ろうとしたが、その前に惣五郎がいつにない口調とにらみを利かせて、

「やってもらうからな。逆らったり逃げたりしたら無事にはすまされねえ。おまえさんだけでなく、おまえの親も許嫁も無事でいられなくなる」

と言った。

浅吉が躊躇(ためら)い戸惑い顔をすると、惣五郎は口辺(こうへん)に小さな笑みを浮かべて、いつもの口調で言葉を重ねた。

「うまくやってくれれば金になる。おまえさんも、親も許嫁も何の心配もいらない。これまでどおり穏やかに暮らすことができる。わかったね」

惣五郎の脅しに気圧(けお)された浅吉は言葉を返すことができなかった。猪牙舟に乗り

込む前に、正三郎に今夜のことを聞いていますかと聞いた。正三郎は「聞いた」と短く答え、

「やるしかないようだ」

と、あきらめ顔でつぶやいた。

浅吉は猪牙舟の進む川の先を見、ときどき辰吉と新助を盗むように見た。平然とした顔つきだった。手代の利助は何食わぬ顔で煙草を喫んでいた。

できることなら逃げたいと、浅吉は考えていた。しかし、逃げられない。逃げたら自分の両親とおけいに災いが降りかかる。自分の命も危ない。

金に釣られたばかりにこんな仕事をすることになったと後悔しているが、これからの仕事をうまくやりおおせたら、金をもらってそのまま手を引けばいいのだとあきらめに似た気持ちもあった。

猪牙舟はお茶の水、水道橋と過ぎ、神田川の終点になる牛込御門のほうへ向かう。

「そこにつけてくれ」

利助が船頭に指図した。牛込御門の手前の河岸地だった。舟がつけられると、利助がみんなに下りてくれとうながした。

利助が指図する。若い辰吉と新助が心得顔でうなずく。

浅吉が戸惑い顔で利助を見ると、

「辰吉について行ってくれ」

と、顎をしゃくられた。走って逃げようと考えた。だが、それができない。黙ってみんなのあとに従った。

辰吉と新助は迷うことなく神楽坂へ向かう。浅吉は前を歩くその二人を見て、こいつらはこんなことに慣れているのかと訝しんだ。

そこは神楽坂の上り口からほどない市谷田町四丁目代地だった。辰吉と新助が立ち止まったのは、屋根看板に「伊勢屋」という文字がやっと闇のなかで読める店の前だった。表戸は閉まっている。

掛看板にも店の名があり、「紺屋」という文字があった。染物屋である。

利助が周囲に目を配り、人気のないのをたしかめて「やろう」と小さな声で言った。みんなは手はずどおり頭巾を被った。浅吉も倣って被る。

辰吉が鑿を使って表戸を強引にこじ開けた。ゴキッ、ガタッと音がしたが、それほど大きくはなかった。さっと辰吉と新助が店のなかに入ると、正三郎と浅吉がつづいた。

利助によって戸が閉められると新助が手燭を点した。辰吉が土足のまま奥の間に進む。この店の間取りを知っているのか迷いがない。浅吉は最後につづいた。

辰吉が襖を開けると、そこに夜具があり、人が寝ていた。二人である。店の主夫婦だ。亭主が気配に気づき掻い巻きを払って起きあがろうとした。

その刹那、辰吉が覆い被さるように倒した。小さなうめき。亭主の両足が痙攣した。だが、すぐにそのふるえは止まり息絶えたとわかった。その間に、新助が女房の首を絞めていた。

すべてはあっという間のことだった。浅吉は寝間の入り口で信じられないように目をみはり、体をふるわせていた。恐怖で歯の根が合わなくなった。

「つっ立ってんじゃねえ、金を運ぶんだ」

浅吉は利助に、低い圧力のある声で肩を押されてうながされた。

帳場らしきところに連れて行かれると、金箱をわたされた。他の者たちは家のなかを漁り、金を見つけると懐にしまい込む。

すべてのことを終えて表に出るまでかかった時間は、あっという間のことだった。浅吉は心の臓をどきどき高鳴らせたままみんなのあとに従い、待っている猪牙舟に乗り込んだ。

「誰にも見られていないでしょうね」

辰吉が利助に顔を向けた。

「心配いらねえ」

利助は船頭にやってくれと指図した。

猪牙舟が河岸地を離れても浅吉の心の臓は高鳴ったままだった。

「深川に戻るのか？」

正三郎が利助に聞いた。その声は心なしかふるえているようだった。

「いいや、もうあの家は用なしです」

「では、どこへ……」

「まあ、いまにわかります」

利助は不敵な笑みを浮かべて首の骨をコキッと鳴らした。

浅吉は足許に置いた金箱を見つめた。とんでもないことをやってしまった。伊勢屋の夫婦を殺し、金を盗んだ仲間になった。

浅吉は呆然とした目を深い闇のなかに向けた。

三

「どうしたのかしら。遅いわね」

朝餉の支度を終えた千草が玄関のほうを見てつぶやいた。

伝次郎が居間に移り高足膳の前に座ってすぐだった。千草が気にするのは与茂七のことである。舟の手入れをしてくると言って家を出てから半刻はたっている。

「丁寧に手入れをしているのだろう。おれは先に取りかかろう」

伝次郎がそう言うと、千草が飯をよそってくれた。鯵の開きに納豆、そして沢庵がおかずだった。湯気の立つ味噌汁をすすり、飯を頬張る。

朝の光が窓の外にあふれ、鳥たちのさえずりが聞こえてきた。伝次郎は飯を食いながら、これまでの探索を考えた。探索は松田久蔵とわけてやっている。

伝次郎は池之端七軒町の出雲屋、深川石島町の医者・緑安宅、北本所番場町の近江屋、浅草今戸の平田屋、御蔵前の札差・備前屋を調べたが、賊の手掛かりは何もつかめずにいた。

医者の緑安、質屋の近江屋、小間物屋の平田屋は金は盗まれたが、殺されてはいなかった。手掛かりとなる証言があってもよいと考えていたが、いずれの者も話すことは似たようなことばかりだ。

賊は頭巾を被っていた。賊の人数は三人から四人。そしてみんな若そうだった。

これでは賊の追いようがない。尻尾もつかめぬ。

伝次郎が考えるのは、御蔵前の札差・備前屋をのぞいて、襲われた店や家が町外れにあるということだ。そして、いずれも年寄り夫婦が襲われている。賊は人目につかない場所にある家や商家を狙い、力のない相手を標的にしている。そして手際がよい。

そのためには入念な下調べをしなければならない。一連の事件が同じ賊の仕業なら、感心したくはないが、かなり賢いと言わざるを得ない。

(今日はどうするか……どこをあたるか……)

伝次郎は飯を食いながら考える。

「まだ帰って来ませんね。まさか、川に落ちたんじゃないでしょうね」

千草は与茂七の心配をする。伝次郎は飯を食い終わり、茶をくれと言った。そのとき、表から慌ただしい足音がして、「旦那、旦那」と与茂七が息せき切って玄関に飛び込んできた。

「どうした？」

声を返すと、与茂七がばたばたと居間へやって来た。肩を上下させ、顔に汗を張りつけていた。

「殺しです。行徳河岸に死体が浮かんだんです」

伝次郎は手の甲で汗を拭う与茂七を見た。千草も茶を淹れた湯呑みを持ったまま与茂七を見る。

「舟底の塗をすくっているとき、知り合いの魚屋がやって来て死体が揚がって騒ぎになっていると言うんで見に行ってきたんです。それで死体を見ると、肩から腕を断ち斬られ、腹を抉られて殺されたというのがわかりました」

「いつ揚がったんだ？」

「半刻ほど前じゃないでしょうか。番屋の者が御番所に知らせに行っていますが、旦那が見たほうが早い気がするんですがと、おれはそんなことを言ってきたんですが……」

与茂七は一気にまくし立てて、はあはあと息つぎをした。

伝次郎は千草と顔を見合わせて、

「朝から穏やかではないな。御番所に知らせが行っているのならおれの出る幕ではなかろうが、検死ぐらいやっておこう」

と、言って腰をあげた。

伝次郎は手早く着替えをすると、そのまま与茂七を伴って家を出た。

行徳河岸は穏やかであったが、小網町三丁目の自身番前に数人の野次馬がいた。伝次郎が駆けつけると、それと気づいた自身番詰めの番太が、

「朝からまったくの騒ぎでございます」

と、挨拶抜きに声をかけてきた。

「死体は？」

番太は火の見櫓下に置いてあると言う。自身番脇に火の見櫓があり、その下に筵掛けされた死体が置かれていた。

伝次郎は死体を見て、これは死後数日たっているとすぐにわかった。腹と肩口に傷があった。肩を斬り下げられ、そのあとで腹を抉るように刺されたようだ。これではひとたまりもない。目をつけたのは、死体の足首に細い荒縄が結んであることだった。

結び目の先が切れているので、おそらく重しをつけて沈められたと推測できた。

「この仏の身許はわかっているか？」

伝次郎は死体に筵をかけ直して番太を見た。まだ何もわかっていないと言う。

「まだ若そうだな。おそらく二十歳ぐらいか……。この死体はどこで見つけられた？」

「永久橋のそばです」

伝次郎は立ちあがると、与茂七をうながして永久橋まで行ってみた。橋は蠣殻町と箱崎町の間に架かっている。

「死体には重しがつけられていたが、縄が切れて浮かびあがったのだ。そして流れてきたはずだ」

「すると、大川から……」

与茂七が言う。

「おそらくそうであろう」

伝次郎は朝日に照り輝いている大川の先を眺めた。どこで殺されたのか、見当はつかないが、川の流れは新大橋（しんおおはし）からゆるやかに右に蛇行する。新大橋の上流に沈められたのなら、深川方面に死体は流される。すると、新大橋の下手と考えてよいはずだ。

そこには中洲（なかす）があり、流れは深川寄りと箱崎川寄りにわかれる。

「沈められたのは新大橋の下手、大川のこっち岸であろう」

伝次郎はなぜそう推測できるかを、与茂七に説明した。

「へえ、そういうことですか……」

与茂七は感心顔をした。

もう一度自身番に行くと、知らせを受けた同心が到着していた。南町奉行所の加納半兵衛（かのうはんべえ）だった。元は伝次郎の後輩である。奉行所を離れた伝次郎を蔑（さげす）むように見ていたが、いまは従順な男になっていた。

「おまえだったか」

伝次郎は半兵衛に声をかけて、自分が検分し推量したことを話した。

「さすが沢村さんです。手間が省けます」

半兵衛は削げた頬を撫で、細く吊りあがった目を伝次郎に向け感心し、身許はわかっているのかと聞いた。

「それはまだだ。歳は二十歳ぐらいだろう。水に浸かってふやけているが、上背のある丈夫な体をしていたはずだ。何故、殺されたのか……」

伝次郎は筵掛けの死体を眺めた。

「沢村さんが受け持たれますか？」

半兵衛が聞いてきた。

「いや、おれは他の調べをやっていて手がまわらぬ。おぬしが受け持ってくれ」

「他の調べとおっしゃいますと、お奉行からのお指図で……」

「うむ。このところ年寄り夫婦のやっている商家を狙う賊がほうぼうに出没しておる。それを追っているところだ」

「聞いています。松田さんもその探索をやっています」

「さよう。手を組んでやっているところだ」

「それじゃ、この一件はわたしがやるしかありませんね」

「頼んだ」

四

「まさか、あの死体と賊の件が絡んでるんじゃないでしょうね」

家に戻りながら与茂七が言った。

「関わりがないとは言えぬが、そうでないことを願う」

「それにしてもおれたちが追っているのは、まったく食えない賊です。弱い年寄りばかりを狙っていやがる。御蔵前の札差も年寄り夫婦だったし、上野も今戸もみんなそうです。旦那、おれはやり口から考えて、同じ賊としか思えません。札差の備前屋をのぞけば、人目につきにくい町外ればかり。盗んだ金の高は多くない気がしますが、それでも三十両や五十両は盗んでいる。数をこなせば、何百両ってことになります。ふざけた賊だ。おれはなにがなんでもとっ捕まえてやりたい」

「意気込むのはいいが、いまは入念に調べを進めるしかない」

「ま、そうですが……」

与茂七はそう言ったあとで、腹が減ったとつぶやいた。

家に戻ると粂吉が茶を飲んでいた。

「行徳河岸に死体が揚がったと聞きましたが……」

粂吉は戻ってきた伝次郎と与茂七を見て言った。

「見てきた。あとのことは加納半兵衛にまかせた」

「加納の旦那ですか。するとあっしらは、このまま賊のことを……」

「そうだ。あっちもこっちもというわけにはいかぬだろう」

伝次郎はそう言ったあとで、与茂七に飯を食わせてくれと千草に言った。

「それじゃすぐに」

与茂七が飯を食っている間、伝次郎は粂吉とその日の調べをどうするかを話し合った。

あたるべきところはあたっているが、皆目手掛かりなしである。

「松田の旦那のほうの調べが気になります。なにか摑んでらっしゃるかもしれませんね」

伝次郎もそのことを考えていた。

「今日あたり伺いを立ててみましょうか？」

「そうだな。こっちの調べも知らせなければならんだろうからな。だが、いまはどこに松田さんがいるか……」

伝次郎は縁側の先に見える空を眺めた。今日もからっとした秋晴れである。

「ああ、食った食った」

与茂七が腹をさすりながら二人のところへやって来た。

「で、どうします？」

「いまそれを話していたところだ。今日は松田さんに会ってみたいが、いまどこにいるかわからぬ。とりあえず、松田さんが調べをしている店に行ってみようか」

「それじゃ品川と巣鴨ですね。ずいぶん離れていますよ」

「まずは巣鴨からあたろう」

「それじゃ歩きですね」

伝次郎が川口町（かわぐちちょう）の屋敷を出たのはすぐだ。

巣鴨へは江戸市中を縦断することになる。およそ二里（り）（約八キロ）の距離だ。品川へ行くのとたいして差はない。

三人は通町から神田へ入り、それから本郷へ出て中山道を辿った。伝次郎は着流しに紋付きの羽織姿。与茂七と粂吉は、股引に膝切りの着物を端折っている。それぞれに十手を持たしていた。

巣鴨に着いたのは四つ（午前十時）過ぎだった。賊に襲われたのは提灯屋で重蔵という年寄りのやっている店だ。巣鴨は中山道沿いにある町屋で、南東方面から順に下組・下中組・上中組・上組の四つに分かれている。

襲われた提灯屋・重蔵の家は、下組にあった。加賀前田家の中屋敷に近く、通りの向かい側は大名家と旗本屋敷などがある武家地で、店の東側は子育て稲荷で有名な霊感院に接していた。

「ここも人目につかない町外れですね」

粂吉があたりに目を配って言った。それに店は小さい。店の軒に提灯が吊るされ「重蔵」という名が記されていた。同じように腰高障子にも「提灯重蔵」と書かれていた。

戸は開け放たれており、伝次郎はそのまま戸口で声をかけて敷居をまたいだ。入ってすぐの上がり口が作業場で、重蔵は提灯作りに精を出していた。

「調べを受けるのは、これで三度目です。まだ賊は見つかりませんか……」

訪いを受けた重蔵はそんなことを口にした。

「何度も迷惑であろうが、これも賊を捕まえるためだ。そのほうが面倒に思うのは承知である」

「いえ、そんなことはこれっぽっちも思っていませんで……」

重蔵はそう言って茶を持ってくるように奥に声をかけた。

伝次郎は上がり口に腰を下ろして、襲われたときのことを聞いた。

重蔵宅に賊が入ったのは、日が暮れてそれほどたっていない刻限だった。女房と夕餉に取りかかっていると、戸口に声があったので、女房が出るといきなり口を塞がれ、家のなかに押しやられて猿ぐつわを噛まされ、両手両足をあっという間に縛られた。

物音に気づいた重蔵が腰をあげると、頭巾を被った男が二人あらわれ、逃げる暇もなく組み敷かれ身動きできないように縛られた。声を出せないように賊は猿ぐつわを噛ませることも忘れていなかった。

重蔵は縛られたまま居間に転がり、家のなかを漁る賊を眺めているしかなかった。

「あっという間でした。賊が入ってきて出て行くまで、おそらく百も数えないぐらいでしたでしょうか。まったく生きた心地がしませんでしたが、殺されなかったのが救いと言えば救いです」

持ち去られた金は二十両ほどだったらしい。

「三人で入ってきたんです。みんな若い男でした」

茶を運んできた女房が口を添えた。

「若い男だと、どうしてわかった？」

「声です。それから身のこなしです。年寄りにはできない動きでしたから」

伝次郎は重蔵夫婦を眺めた。重蔵は六十過ぎの職人で、髪がほとんどなかった。手の指は職人らしく太いが、痩(や)せた胸には肋(あばら)が浮いていた。女房も小柄で痩せた体つきだ。

「賊は若いと言うが、丈(たけ)はどうであった？　太っていたとか痩せていたとかは……」

聞かれた女房は与茂七を見て、

「そこの若い旦那のような体だったかしら……。もっと大きかったかも……」

と、自信なさげに言って目をしょぼつかせた。女房は白髪頭で少し腰が曲がっていた。

何でもよいから覚えていることはないかと聞いても、とにかく突然のことだったので気が動顚しており覚えていることはない、と年寄り夫婦は言うだけで、襲われるようなことに心あたりもないと言う。

「されど、賊はこの家に金があるのを知っていたはずだ。そのことを誰かに漏らしたことはないか？」

重蔵と女房は顔を見合わせてしばらく考えた。

「それなんですがね。あっしもあとで思いあたることがあったんです」

重蔵の言葉に伝次郎は目を光らせた。

「うちは先のない年寄りだから、仕事ができなくなったときのことを考えて少しは貯めていると、湯屋で話したことがあるんです。それが、いつの間にかこの界隈で噂になりまして。近くの縄暖簾に行きますと、あんたはずいぶん貯め込んでいるらしいねと言われたことが何度かあります。まったく余計なことをしゃべっちまったと思いましたが、そうなると人の口に戸は立てられませんで……思いつくのはそんなことぐらいです。その噂を賊が聞いたのかもしれません」

「湯屋で誰にしゃべったのだ？」

重蔵は近所の職人仲間のことを話した。条吉が即座に矢立を取り出し懐紙に書き付けた。この辺は与茂七に見習ってほしいところである。

「それで縄暖簾というのは……」

「この三軒隣にある釜屋という店です。勤番のお武家様や近所の者がよく使う安い店です」

重蔵の家をあとにすると、条吉が書き付けた職人をあたっていった。不審に思う者はいなかった。釜屋という縄暖簾は昼間もやっているらしく、店は昼飯の支度をしている最中だった。

赤ら顔の主に重蔵のことを話すと、金を貯め込んでいるという話は一時店でよくしていたらしい。誰彼となく聞いた者がいたのはたしかだが、押し込み強盗をやる者に心あたりはないという。

「そうは申しましても、うちは旅の人や一見の客も多いんで、誰が盗人だというのは……」

豆絞りの手拭いをしている主は、盗人の特定は難しいと首をかしげた。店の女中にも聞いたがそれは同じだった。

釜屋を出ると、駒込の佐平という庭師の棟梁宅にまわった。この家も町外れのひっそりしたところにあった。佐平の家には、昼間は職人の出入りがあるが、夜になると年老いた女房と二人暮らしだと語った。賊への心あたりはなく、賊についても重蔵と同じようなことを話しただけだった。

「佐平は庭師の棟梁だからそれなりの稼ぎがあると、賊は見当をつけたんでしょう。重蔵の場合は、ひょっとすると噂を聞いて押し込みを決めたのかもしれません」

帰路につきながら粂吉が言った。

もう空は黄昏れており、低い雲が夕日に染まっていた。

「今日はこれまでだな。明日は品川まで行ってみよう」

伝次郎は日本橋が近づいたところでそう言って、

「与茂七、松田さんの組屋敷は知っているな。もう帰っているかもしれぬ。ちょいと訪ねて行ってくれるか」

と、指図した。

「松田の旦那がいらしたらどうします？」

「おれが訪ねると伝えてくれ。それだけでいい」

伝次郎はその場で与茂七を走らせ、粂吉といっしょに川口町の自宅に戻った。もうその頃には日が落ちていた。

与茂七が戻ってきたのは、伝次郎が粂吉に酒の入ったぐい呑みを差し出したときだった。

「旦那、また賊に襲われた店があります。今度も殺しです」

伝次郎はぐい呑みを持ったまま与茂七に顔を振り向けた。

## 五

翌朝、伝次郎は粂吉と与茂七を連れて早く家を出た。途中の楓川の北端に架かる海賊橋(かいぞく)で松田久蔵と二人の小者と落ち合うと、一行はそのまま神楽坂を目指した。

伝次郎は昨夜のうちに事件のあらましを久蔵から聞いていた。

襲われたのは神楽坂の上り口からほどない場所、市谷田町四丁目代地にある染物屋・伊勢屋だった。主夫婦が殺害され、金を盗まれていた。金高は主が死んでいるのでたしかなことはわからない。

店が襲われたことに気づいたのは、通いの染め物職人だった。一昨日の夜に襲われたわけだが、賊を見た者も強盗騒ぎに気づいた者もいまのところいなかった。

殺された伊勢屋の主は六十三歳、女房が五十八歳だった。通いの職人はいるが、店には女中も下男も雇われておらず、職人の世話は女房がやっていたらしい。主の留蔵は腕のいい職人で、下の職人連中の面倒見もよく、近所では真面目でおとなしい男だと評判だったらしい。

「伝次郎、どう思う？」

横に並んで歩く久蔵が顔を向けてきた。

「同じ賊であろうか……」

「やり口が似ていますからね。同じ賊と考えるのは無理もないでしょう」

「さようだな」

久蔵は口を閉じて黙って歩く。伝次郎はその横顔をちらりと見た。昔から微に入り細を穿つ調べをする同心だ。伝次郎は定町廻りに取り立てられた頃、その手解きを受けた。

「どんな小さなことでも見逃してはならぬ」

それが久蔵の口癖だった。その久蔵が今回にかぎって、賊を追う手掛かりを何もつかんでいない。

一行は田安御門外から飯田町を抜け、牛込御門をくぐって神楽坂下に到着した。時刻は五つ（午前八時）前で、神楽坂の急坂を朝日が照らしていた。

「ここだな」

久蔵が染物屋・伊勢屋の看板のある店の前で立ち止まった。凶事が起きたあとなので戸はしっかり閉められている。坂の入り口は牡丹屋敷という町屋で、伊勢屋はその隣町だが、やはり町の外れと言っていい場所にあった。

店をあらためる前に自身番を訪ね、久蔵が詰めている書役と番人たちにわかっていることを詳しく聞いた。

「つまり、賊を見た者も騒ぎに気づいた者も誰もいない。いつ襲われたかもわからない。さようなことか……」

久蔵は聞くだけのことを聞いてから、独り言のようにつぶやいた。渋さを増した顔に苦渋の色を浮かべ、伝次郎を見た。

「伊勢屋夫婦の遺体はどこだ？」

伝次郎が書役に訊ねると、店に寝かせてあるが、今日、茶毘に付す予定だと言った。

「死体の検分はできますね」

伝次郎が言うと、久蔵は早速やろうと言って自身番を出た。自身番の書役が案内に立ち、付き合ってくれる。さっきは店は閉まっていたが、戸が開け放され二人の通いの職人が土間に立っていた。

ひと目で町方とわかる伝次郎と久蔵を見て、二人の職人は表情をかたくした。

「店が襲われたことに気づいたのは誰だ？」

久蔵が名乗ってから職人に聞いた。わたしですと言ったのは三十齢の華奢な体つきの男だった。名を和助といった。もうひとりは又造と名乗った。

「昨日の朝、仕事に来たはいいんですが、いつもならおかみさんが声をかけてくるのに、あっしが挨拶の声をかけても返事がありません。そのとき、帳場が荒らされているのに気づいたんですが、猫の仕業だろうと思ったぐらいで、土間奥の台所に行って声をかけても返事がありません。近所に出かけているのだろうと思い、煙草を喫んで待ったんですが、そんなことは初めてなんで、もう一度声をかけたとき、又造がやって来たんです」

和助は又造を見た。あとを引き継いでその又造が話をした。

「様子が変なんで仕事場にあがって二人で奥の間に行って声をかけたんですが、やっぱり返事がないんです。それで寝間をのぞいた和助どんが悲鳴をあげたんです。あっしが行ってみると、旦那とおかみさんが布団の上で死んでいたんです」

伝次郎は和助と又造の表情ひとつ逃すまいと見ていたが、二人に疑わしき点はなかった。通いの職人はもうひとりいるらしく、その男は光照寺という寺の住職を呼びに行っているらしい。

伝次郎と久蔵は主の留蔵と女房のおしげを寝かしてある座敷に入って、死体の検分をした。留蔵は心の臓を突かれていた。おしげは首を絞められて殺されたというのがわかった。

殺されたのは隣の寝間で、夜具はそのままにしてあった。血を吸った布団と搔い巻きが乱れたままだった。

留蔵は華奢な年寄りで、おしげも小柄な老婆だった。手にかけるのは造作もなかっただろう。抗った形跡もない。

「寝込みを襲われたということか……」

伝次郎は立ちあがって他の部屋を見てまわった。台所に変わった様子はないが、仏壇の置かれている座敷の簞笥や納戸が荒らされていた。

作業場となっている板の間の脇に帳場みたいな場所があり、その一角が白くなっていた。置かれていた四角い物が持ち去られた跡だ。他には染め物に使う染料や桶や盥がいくつもあり、壁には布が幾重にも重ねて吊るされていた。

「ここに物があったはずだ。何かわかるか？」

伝次郎は板が白くなっている一角を指して和助に問うた。

「旦那が金箱代わりに使っていた箱が置かれていました」

「中身は？」

「見たことはありません。昼間は支払いがあるんで蓋は開け放しですが、仕事が終わると旦那が錠前をかけるんで、いかほど入っていたのかわかりません」

箱は檜でできており、大きさは幅と長さが一尺三寸（約四〇センチ）と八寸（約二四センチ）ぐらい、高さも八寸ぐらいだったらしい。和助は金といっしょに、帳面が入れられていたと言った。

伝次郎は賊の侵入経路を探した。裏から入った形跡はなかった。雨戸も然りである。そこで表の戸口を調べると、こじ開けられた跡が残っていた。

（またか……）

これまで襲われた家や商家も、賊は表戸から入っていた。

「松田さん、賊はやはり同じやつらだと思います。ここも表戸から入ったはずです」

伝次郎は久蔵に告げて、こじ開けられた形跡のある戸を見せた。

「聞き込みをしてくれ。誰か見た者がいるかもしれぬ」

久蔵は自分の連れている小者と、粂吉と与茂七を見て言った。

「わたしたちも聞き調べを」

伝次郎が言うと、久蔵もうなずいて聞き込みにあたった。

表に出た伝次郎は神楽坂の通りに目を向けた。賊はどこから来てどこへ逃げた？

坂上か坂下か？　それとも脇道を使ってきたのか？

答えはすぐには出ない。坂道沿いにある近所の商家と武家屋敷を訪ねて話を聞いたが、伊勢屋が襲われたことに気づいた者はひとりもいなかった。また、通いの職人たちが言うように、主の留蔵は人に恨まれるような人物でもなかった。

ひととおりの聞き込みを終えた伝次郎が伊勢屋に戻ると、寺に行っていた若い職人の顔があった。小吉(こきち)という男だった。

伝次郎は他の職人に聞いたことと同じ問いをぶつけたが、賊に関することはなにも得られなかった。住職が間もなくやってくるので、お経をあげてもらったらそのまま寺の墓地に埋めることになったと小吉は言った。

「旦那、妙な舟を見た者がいました」

駆け戻ってきた粂吉が耳打ちするように伝次郎に告げた。

「妙な舟……」

「一昨日の夜のことです。五、六人を乗せた猪牙が闇のなかを下っていったそうで……」

# 六

そのあやしげな猪牙舟を見たのは、牛込揚場町にある薪炭屋の主だった。厠に立ったときに、闇に包まれた暗い川を下っていく猪牙舟があるので妙だなと思ってしばらく眺めていたらしい。

「それは何刻頃のことだ？」

伝次郎は薪炭屋を眺める。卑屈そうな五十齢の、しわ深い男だった。

「四つ（午後十時）は過ぎていたはずです。四つ半（午後十一時）ぐらいだったかもしれません。そこの川を暗い影が動くんで、何だろうと思い闇に目を凝らしたんです。すると猪牙だったんですが、五人か六人の客を乗せて下っていくんですが、舟提灯もつけておりませんで、おかしいと思って見送っていると、どんどんのあたりでぽっと灯りがともったんです」

どんどんというのは、その町から二町（約二二〇メートル）ほど先にある船河原橋のことだ。堰が設けられており、江戸川から神田川に水がどんどん落ちることから、土地の者は「どんどん橋」と呼んだりする。

「五人か六人と言うが、はっきりした人数を思い出せぬか」

伝次郎が真剣な目を向けると、薪炭屋は目を空に向けてしばらく考えていた。

「船頭がいて、舟にはひぃのふうの三の……五人だったと思います」

「たしかだな」

「へえ、間違っていなければ……」

すると船頭を入れて六人。伝次郎が思案していると、薪炭屋は言葉を足した。

「船頭は頬っ被りをしてましたが、舟に乗っている客はみんな頭巾を被っていたような気がします。頭が黒かったですから……」

伝次郎はきらっと目を光らせた。おそらくこれまで押し込み強盗をやった同じ賊だと思った。そう考えていいはずだ。

伊勢屋に戻ると読経の声といっしょに抹香の匂いが表に流れていた。久蔵は小者の八兵衛、貫太郎と話をしていた。

「松田さん、賊は猪牙でやって来て猪牙で逃げたと考えてよさそうです」

伝次郎は声をかけて、薪炭屋から聞いた話をした。

「すると、賊は船頭を入れて六人」

「そのはずです。手口もこれまでの押し込み強盗と同じと考えていいはずです。品川で襲われた店はどうでした?」

品川で襲われたのは、讃岐屋という鼈甲簪屋だった。讃岐屋は品川宿の北外れ、八つ山下にある店で、やはり年寄り夫婦が営んでいた。

「念入りに調べはしたが……」

何もわからずじまいだ、と久蔵は首を振った。

「ともあれ、これからのことを相談しよう」

近くの茶屋に移って、伝次郎と久蔵はこれまでの調べを振り返って話し合った。

わかっているのは、賊の人数は少なくとも六人。猪牙舟を使っている可能性がある。そして、賊は人目につきにくい町外れの家と店を襲っている。押し入る際には、裏戸を使わず表戸から入っている。さらに、相手は非力な老夫婦の店ばかり。

「町外れの家や商家を襲うにしても、そこにいかほどの金があるか、賊は前以て知っていたはずだ。そのためには下調べをしなければならない。ところが、その調べをやった者たちのことがわからぬ。巣鴨の提灯屋・重蔵は、噂を聞いて狙われたのかもしれぬが、それにしても調べはやっているはずだ」

「たしかに。それともうひとつ……」

伝次郎はそう言って言葉をついだ。

「これまで聞いたかぎり、賊は若い者のようです。それがいくつぐらいかははっきりしませんが、中年や年寄りではないのはたしか。体つきもよいと考えていいでしょう」

「わかっているのはそこまでだな。その先がわからぬから手を焼く」

久蔵は業を煮やした顔で茶に口をつけた。

「他の探索方はどうなっているのです。なにか聞いていませんか？」

「それはおれも気になっていることだ。これから御番所に戻り、探ろうと思う。おぬしはいかがする？」

「もう一度、御蔵前に行ってみようと思います」

「備前屋か……」

「あの店だけは町外れではありません。聞き込みをすれば何か出てくるかもしれません」

「うむ。よいだろう。もし、今夜暇が作れそうなら、おれの家に来てくれぬか」

「そのつもりでいましょう」

久蔵は「では」と言って先に立ちあがった。

伝次郎は久蔵たちと神楽坂下で別れ、そのまま神田川沿いの道を辿った。

「手を焼く調べになりましたね」

粂吉が歩きながらぼやくように言った。

「何の手掛かりもつかめぬままだからな」

伝次郎は応じながらこんな難解な事件を扱うのは初めてだと実感していた。

「それでも、賊は必ず捕まえなければならん」

「そうでなきゃ殺された年寄りたちが可哀想すぎます」

与茂七が憮然(ぶぜん)とした顔で言葉を添えた。

「殺された者だけではない。こつこつ貯めたであろう金を、まんまと攫(さら)われている者たちも地団駄(じだんだ)を踏みたい思いでいるに違いない」

「殺された年寄りの倅や娘も、どんな思いをしているでしょうか……」

粂吉がしんみり顔でつぶやく。たしかにそうである。池之端七軒町の出雲屋も浅草御蔵前の備前屋も、自分の今後のことや奉公に出ている倅が暖簾分けできたときのことを考え、金を貯めていたのだ。

「とにかく賊の尻尾を早くつかまなければならぬ」

伝次郎はくっと唇を引き結んだ。

## 七

そこは北十間川の西端にある〆切土手の近く、押上村にある一軒の百姓家だった。

浅吉は戸口からすぐの座敷に座っていた。隣に浜田正三郎がいる。さっきおりきが淹れてくれたばかりの茶を飲みながら、欠伸を嚙み殺していた。

世話人の惣五郎と手代の利助は朝早く家を出ていなかった。もうひとつ奥にある座敷では、辰吉と新助が昼寝をしていた。その鼾が襖越しに聞こえてくる。

「浜田さん、また仕事をやるらしいですが、わたしはもうごめんです。まさかこんなことをするはめになるとは思いもいたしませんでした」

浅吉は声を低めて言った。浜田正三郎が湯呑みを持ったまま見てくる。

「どうするんです？　浜田さんはまだ付き合うのですか？」

「まずいことになっておるのだ」

浜田正三郎は声を抑えて言葉を返してきた。

「まずいこと……」

「うむ、おれの親は御徒組の同心だ。兄上もいずれはそうなる。おれは部屋住みだから家督は継げぬが、もし、このことが世間に知れたらおれの家は断絶だ。親に迷惑をかけ、恥をさらすことになる」

浅吉は呆然とした目で浜田正三郎を眺め、

「それじゃ、もうひと仕事付き合うおつもりですか……？」

と、問うた。

浜田正三郎はため息をついて、畳の目を数えるように視線を膝許に落とした。

「浜田さんは侍でしょう。なぜ、あのとき止めなかったのですか？　止めることはできなかったのですか？　利助さんを諭して止めさせることもできたのではないですか」

「まさか殺しをやるとは思わなかったのだ。それに……」

「………」

「おれが気づいたときには、辰吉が伊勢屋の亭主を殺していたのだ。止めようにも止められなかった」

浜田正三郎は唇を嚙んだ。

「でも……浜田さんは侍です。惣五郎さんを説得して、やめさせられるのではありませんか」

「浅吉、おぬしの言いたいことはわかる。だが、おれにはできんのだ」

「なぜです？」

浅吉はみはった目を一度しばたたいた。浜田正三郎は口を引き結び、情けなさそうな顔をした。黒い馬面が、ほんとうに気弱な馬の顔に見えた。

「おれは二本差（にほんざ）しだが、こっちはからきしだめなのだ」

浜田正三郎は右手で刀を振る真似をして言った。

「惣五郎には片山源兵衛（かたやまげんべえ）という男がついている。あれはできる。おれが惣五郎に盾（たて）突（つ）けば片山は黙っていないだろう。刀を抜かれたらどうにもできぬ」

浅吉は片山源兵衛を脳裏に浮かべた。脂ぎった肉づきのよい顔。狭い額の下に鷹のように鋭い目。どっしりした鼻の下に厚い唇。にらまれると、尻の穴がすぼみそうになる怖ろしい顔をしている。

「あの男は強い。おれのかなう相手ではない」

「それじゃ、もう一度仕事を……」

「それをやったら、やめる」

浅吉は沈鬱に顔をくもらせる浜田正三郎を見て、つばを呑み込んだ。いますぐにでも逃げ出したい心境である。

しかしこの家には、おりきがいる。逃げたとしても、実家のこともおけいのことも知られている。もし逃げたら災いが起きる。そのことがよくわかった。惣五郎も利助も残忍だ。そして、同じように使われている辰吉と新助も。

「世話人の惣五郎は約束どおり金をくれた。まだ半金だが、もうひと仕事すれば八両を手にできる」

「殺しと盗人……役人に見つかれば生きてはいられないのですよ」

「それはいまも同じだ」

浅吉は、はっとなった。そうだった。盗みの手伝いをしたばかりでなく、殺しの相摺（あいずり）（共犯者）になっているのだ。

「世話人の惣五郎も今度が最後だと言っている。それで足を洗うと。何事もなければ、つぎの仕事を終えてこれまでどおりつつがなく暮らしていける」

そのとき、襖がさっと開き、辰吉が顔を見せた。

「さっきから何を話してるんです」

浅吉はドキッと心の臓をふるわせ、顔をこわばらせた。辰吉はのそのそと這うようにしてやってきてそばに座った。その声に気づいたらしく、新助も起きてきた。

正源寺裏の家では一度しか顔をあわせず、染物屋を襲うまで話をしたことはなかったが、いまいる家に来てからは大方のことを聞いていた。

辰吉は大工だったが、夏の火事で棟梁の家が焼けて暇を出されていた。いかにも腕っ節の強そうながっちりした体をしている。歳は十八だと聞いている。新助も十九と若く、中肉中背ながら体つきがよく、すばしこい目をしていた。元は伊勢町にある蠟（ろう）問屋の奉公人だったが、店が焼けたので仕事をなくしていた。その辺は浅吉と同じだった。

「あんたたち、今度の仕事も受けるのかい？」

浅吉は恐る恐る聞いてみた。辰吉はやるしかないと言う。

「やらなきゃ、どうなるかわからない。殺されたくないから……」

「殺される」

浅吉は生つばを呑んだ。すると新助が思いがけないことを話した。

「貞市という人がいました。その人は御蔵前の備前屋を襲ったあとで逃げたんです。逃げましたが、すぐに見つかって捕まって……」

「捕まってどうなったんだい？」

浅吉はまじまじと新助を見る。

「片山源兵衛さんにばっさり斬られ、腹を抉られました。そのあとで重しをつけられて、大川に沈められたんです。そんなことにはなりたくない。世話人の惣五郎さんはつぎの仕事で終わりだと言っています。わたしはそれが終わったら、おとなしく暮らしたい。だから言いなりになるしかないんです。裏切ったら自分の命だけでなく、親兄弟も無事にはすまされない。だからやるしかないんです」

話を聞いた浅吉は顔色をなくしていた。

殺されて大川に沈められるなんて、そんな怖ろしいことがほんとうにあるのだと思った。

それでも浅吉の心は揺らいでいた。逃げたい。逃げなければまた悪事に荷担するこ とになる。もうそんなことはしたくない。

だが、ここにいる仲間はあきらめている。浜田正三郎が唯一頼れる人間だと思っていたが、侍のくせに意気地のない男だというのもわかった。

(逃げれば、何とかなるのではないか……)

浅吉はそばにいる仲間のことをよそに、強い思いに駆られていた。

# 第三章　逃亡

## 一

その朝早く、伝次郎は与茂七と粂吉を連れて、久蔵の組屋敷を訪ねた。小者の八兵衛と貫太郎も、伝次郎が通された座敷の隅に控えていた。

内儀（ないぎ）の妙（たえ）が茶を運んできて下がると、

「新たにわかったことがあります」

と、伝次郎は切り出した。久蔵がわずかに身を乗り出し、片眉を動かした。

「昨日、松田さんと別れたあとで備前屋に行きましたが、藤助（とうすけ）という倅が店にいまして、あれこれ話をしたところ、金の他に盗まれた物がありました」

「それは……」

「倅の藤助が言うには、利休が使っていた黒楽茶碗と雪舟作の軸がなくなっているらしいのです。黒楽茶碗は楽長次郎という名陶工の作で桐箱に入っていたそうで、床の間に置かれていたのですが、それがなくなっていたと言います。また同じ床の間にかけられていた掛け軸も消えていると言います。軸は水墨画で山水図です。絵の寸法は、縦三尺ほどで幅一尺一寸ほど。軸寸は縦六尺ほどで幅が一尺三寸ほどだと言います」

「高直なのだろうか……？」

「倅の藤助が言うには真贋は不明だが、本物ならかなりの値打ちものらしいです」

「賊は値打ち物を見極めることができるということになるが……」

「札差には旗本家の出入りもあります。誰なのかわかりませんが、茶道を嗜む旗本が引当（抵当）に置いていった物だと言います」

久蔵は目を光らせて、うむとうなった。

札差は蔵米を担保に高利貸しも行う。世話になる旗本や御家人は札差から金を借りる際に、蔵米の他にも相応の担保を預けることがある。備前屋がそんな担保を預かっていても何も不思議はない。

「医者の緑安殿の家からも盗まれた物があったな」

「脇差です。家伝の名刀で日向正宗だと言います。もっとも真贋のほどはわかりませんが……」

「賊はさような道具を盗んでどうするつもりであろうか？　自分で使うつもりか、それとも売り捌(さば)くつもりか……」

久蔵は茶に口をつけてつぶやくように言う。

座敷には障子越しのあわい光が満ちていた。

「売って金にするのであれば、道具屋であろうが……。そんなものに目をつけるということは、賊に目利きがいるのか？　それとも高直そうだから盗んだだけか？」

久蔵は疑問を口にする。

「賊の手掛かりはいまだつかめていません。道具屋をあたるのもひとつの手ではないかと考えますが……」

伝次郎はそう言って茶に口をつけた。

「もっともなことだ。金にするためには場末の道具屋に持ち込まぬだろう。となれば、日本橋か神田界隈の道具屋であろうか……」

「あたってみるべきでしょう」

「よし、今日は手分けして道具屋へ聞き込みをかけよう」

久蔵はそう言ってからすぐに言葉を継いだ。

「探索だが、他の同心らはこの件から外れることになった。よって、おれと伝次郎が受け持つことになる。火盗改の動きも鈍く、手を引いたようなことを耳にした」

「染物屋の伊勢屋もわたしらで……」

「そういうことになる。お奉行もおれと伝次郎にまかせるとおっしゃったようだ」

「荷が重いですね」

伝次郎はそう言いながらも、肚(はら)をくった顔で口を引き結んだ。

「粂吉、与茂七、さようなことだ。苦労するかもしれぬが、この一件必ずおれたちの手で片づけなければならぬ」

久蔵に名指しされた粂吉と与茂七は神妙な顔でうなずいた。

「旦那、手分けされるのでしょうが、あっしらは……？」

貫太郎だった。丸太のように大きな体を伝次郎と久蔵に向け、さらに粂吉と与茂七を眺めた。

「日本橋界隈をおれたちがやるか。伝次郎、さしあたって神田近辺の道具屋をあたってくれるか」

久蔵が指図するのに、伝次郎は承知したと答えた。

その後、軽い打ち合わせをしたのちに、伝次郎は粂吉と与茂七を連れて神田に向かった。

「粂吉、おぬしは須田町まで調べてくれ。与茂七、おぬしは通りの脇にある店をあたってくれるか。おれは明神下から佐久間町界隈を調べてみる。道具屋はさほど多くないから手間はかからぬだろう。昼に須田町二丁目にある藪というそば屋で落ち合おう」

伝次郎は二人に指図をすると、そのまま通町を北へ向かった。

探索をはじめて八日ほどになるが、いまだに賊の尻尾はつかめぬままだ。道具屋に引っかかりがあればよいが、こればかりは聞き込みをしてみなければわからない。地味な調べだが、こういったことを抜きにできないのが町奉行所の与力・同心の仕事である。

江戸の町には秋めいた風が吹いていた。大名屋敷や旗本屋敷の塀越しにのぞく欅や銀杏は黄葉し、楓も赤くなっている。神田川沿いの土手道には薄の穂が日の光に輝いていた。

伝次郎は昌平橋をわたり、そのまま明神下の通りに入った。道具屋はさほど多くないはずだが、探すのに少々手間取った。

探しあてた店を訪ねて行くと、脇差や茶碗、そして掛け軸といった物ががらくたのように置かれている。

伝次郎は骨董の知識に乏しい。しかし、黒楽茶碗や雪舟の掛け軸、あるいは日向正宗作の脇差だと口にすると、骨董屋の主たちは一様に驚き、目を輝かせた。だからといって持ち込まれた形跡はなかった。

盗品だとわかりながら買い取るのは罪だが、伝次郎は万一持ち込まれるようなことがあったら、持ち込んだ者の氏名と居所をしっかり聞いておくようにと釘を刺してつぎの店にまわった。

(長い調べになりそうだ)

つぎの店に足を運びながら筋雲の浮かぶ空を眺め、我知らずため息をつく。

二

浅吉は押上村の百姓家で孤独に耐えていた。ただ、考えていることはひとつだけだ。

(どうやって逃げる)

その気になれば逃げるのは容易い。しかし、そのあとのことを考えると、どうしても心が竦んでしまい、踏ん切りをつけられずにいた。

浜田正三郎は辰吉と新助と他愛もないことを話している。浅吉はそのなかに入る気がせず、部屋の隅で膝を抱えて考えていた。閉め切られた雨戸の隙間から光の条が畳に走っていた。ときどき廊下を利助とおりきが行ったり来たりする。

惣五郎と片山源兵衛は朝早く家を出て、まだ帰って来ていなかった。その二人がいない間に逃げるべきだろうが、どうやってこの家を出るかを考えていた。

辰吉も新助もいまは世話人惣五郎の言いなりだ。世話人と言うが、そのじつ口入屋を介して雇い入れた者に殺しと盗みをやらせる悪党だ。

浜田正三郎も辰吉も新助もその悪党の仲間になっている。そして、自分も。

浅吉は膝を抱えたままかぶりを振った。おれは殺しはやっていない。盗みの手伝いはしたが、それは自らの意思ではなく無理矢理押しつけられただけだ。

表から鵯の声がときどき聞こえてきた。それが早く逃げろ逃げろと言っているように聞こえた。

浅吉は顎を膝にのせて、おしゃべりをしている辰吉と新助をぼんやりと眺めた。この二人も、自分と同じように夏の火事で職を失っていた。だから美濃屋という口入屋で一時しのぎの仕事を世話してもらったのだ。

実入りのいい仕事だからと飛びついたのはいいが、蓋を開けてみれば強引に悪党の仲間にされた。たしかに約束の金はもらった。日に二分というのは嘘ではなかった。しかし、それが何だと言うのだ。汚れた金ではないか。怒鳴って突き返してやりたいが、そんな勇気はない。

惣五郎も怖いが、片山源兵衛という浪人も怖い。利助も然り。そしてもうひとり船頭がいる。名前はわからないが、その船頭の操る舟で惣五郎と片山源兵衛は出かけるようだ。おりきや利助もときどき出かけるので、その舟を使っているのだろう。

しかし、この家に誰もいないということはない。誰かが出かければ、必ず誰かが見張りのように残っている。惣五郎と源兵衛が外出をすれば、おりきと利助が残っているといった按配だ。

ときに、おりきと惣五郎だけが出かけるときもある。いったいどこへ行って何をしているのか浅吉にはわからない。

彼らは表から戻ってくると、奥の部屋で長い時間をかけて話し込む。何の相談をしているのか、浅吉には見当がついた。つぎに襲う店をどこにするか、どうやって襲うか、その企みを練っているのだと。

「おぬしら、これまでいくらの稼ぎになった？」

浜田正三郎の声が聞こえてきた。浅吉は三人のいるほうに目を向けた。

辰吉は新助と顔を見合わせてから、

「あっしは十二両です。こいつも同じですよ。そうだろう」

新助がそうだというふうにうなずいた。

「十二両か……うまい仕事というのはたしかだが……」

浜田正三郎は奥歯に何か挟まったようなことをつぶやき、浅吉に顔を振り向けた。

「おい、浅吉。もうひと仕事すれば相応の金が入るということだ」

「…………」

浅吉は返事ができなかった。すぐにでもこの家から出て行きたい。だが、それができない自分が歯がゆい。それは、逃げて捕まったときのことを考えるからだし、もし逃げおおせたとしても大事な親とおけいに災いが降りかかるということを考えるからだ。

だが、逃げなければまた悪事に加担することになる。それはどうしても避けたい。

日が暮れたのか、雨戸の隙間から差し込んでいた光の条が消えた。台所のほうでおりきと利助の話し声がしていた。

いま逃げれば、おりきはともかく利助が追ってくるだろう。利助だけでなく辰吉と新助も追ってくるかもしれない。辰吉は元大工というだけあってがっちりした体つきで、いかにも腕っ節が強そうだ。

団栗眼(どんぐりまなこ)の新助は元蠟問屋の奉公人らしく丁寧なしゃべり方をするが、中肉中背ながらやはり体つきがよい。浅吉は並より丈が高いほうだが、捕まったらあっさり押さえつけられそうだ。何より二人には人を殺す残忍(ざんにん)さを見せつけられている。

正三郎が味方になってくれればよいと思うが、いまや惣五郎らに服従し金を稼ぐことに心が動いている。

(味方はいない)

浅吉は絶望感に襲われる。

「誰か、誰でもいいから表から薪を持ってきてくれないかしら」

台所のほうからおりきの声が聞こえてきた。

浅吉ははっと顔をあげた。その前に、辰吉が返事をして立ちあがった。浅吉はいまだと思った。

「辰吉さん、わたしが取ってきます。一日中ごろごろしてるんで体がなまっていけないんです」

「いや、いいよ。おれが……」

辰吉は断ったが、浅吉はこの機会を逃したら終わりだという気がしていた。

「いいです。わたしが取ってきますから……」

と、立ちあがって土間に下りた。辰吉がそれじゃ頼んだと言った。台所を見ると、手拭いを姉さん被りにしたおりきと目があった。

「縁の下にあるから」

「はい」

浅吉は戸口を出た。表は夕靄が立ち込めていて、西の空は翳っていた。縁の下に薪束（まきたば）がいくつも積んであった。そのまま逃げるつもりだったが、納屋のそばに利助がいた。ちらりと浅吉を見てきたので、

「薪を取りに来たんです」

と、浅吉は言い訳めいたように言った。

細い荒縄で縛られている薪束に手を伸ばしながら、納屋のそばにいる利助を盗み見た。利助は背中を向け、近所で採ってきたらしい栗のいがを剥（む）いているのだった。

浅吉は薪束に手をやったまま、庭の隅に目を走らせた。その家は青木と柘植（つげ）の垣根で囲まれているが、手入れが悪いのでどこからでも表に出られそうである。庭の入り口のそばには利助がいるので、そちらには行けない。

浅吉はもう一度利助を見た。栗のいが剥きに一心になっている。

（いまだ。いま逃げなければ……）

急（せ）き立つ心に押されるようにして、浅吉は極力足音を殺して垣根へ早足で向かっ

た。柘植の枝と青木をかき分け、利助を見た。まだ背中を向けたままだった。

浅吉は柘植と青木の間に体を押し入れた。そのとき利助の声が飛んできた。

「おい、何してやがる」

浅吉ははっとなって利助を振り返った。利助が立ちあがっていた。それを見るなり、浅吉は柘植と青木の垣根に体を強くねじ込んだ。

三

惣五郎が押上村の隠れ家に戻ったのは、すっかり日の暮れた六つ（午後六時）過ぎだった。惣五郎は片山源兵衛とつぎに狙う商家の下見をしに行き、おおよその見当をつけていた。あとはおりきを使って店の様子を探らせればよいと考えていた。

ところが戻るなり、浅吉が逃げたと知らされた。

「あっしが栗のいがを剝いているとき、垣根をかき分けて逃げやがったんです」

利助は申しわけなさそうな顔でぺこぺこ頭を下げた。

「追わなかったのか？」

惣五郎は利助を強くにらんだ。

「追いましたが、やつは足が速くて。それに暗くなっていたので、いつの間にか姿が見えなくなっちまったんです」

惣五郎は唇を嚙んだ。

「どうします。やつの実家へ乗り込みますか？」

ここで利助を咎めても詮無いことはわかっている。

惣五郎は座敷にいる面々を見て考えた。全員揃っているが、みんな神妙な顔つきだ。

「やつは実家に戻るだろうが、その前に番屋に飛び込んでいるかもしれぬ。そうなったら御番所が動く」

「そんなことをしたら、浅吉だって自分の身が危なくなるんですよ」

おりきだった。

「言い逃れをするかもしれぬ。とにかく、ここにいるのは得策ではない」

「それじゃどうすると……」

おりきがまばたきもせず見てくる。

「ここを払う。これからすぐだ」

「行くところがあるんですか？」

「心配いらぬ。浅吉の知らない家がある」

「また亀戸に戻るってこと……」

「他にはない。これからすぐ移るんだ」

惣五郎はそう言うなり立ちあがった。

「明日は浅吉を捜す。みんな、仕事はしばらくお預けだ」

「手当はもらえるんですか？」

辰吉だった。

惣五郎は短くにらむように辰吉を見た。辰吉は視線を逸らしてうつむいた。

「手間賃は約束どおりだ。ただし、わたしを裏切ったらただではおかぬ。他の者も肝に銘じておけ。まいる」

惣五郎がうながすと、全員が立ちあがった。

浅吉は汗だくになっていた。息が切れ、激しく肩を上下させていた。何度も背後を振り返ったが、追ってくる者はいないようだった。それでも心の臓は激しく脈打っていた。

　どこをどう走ってきたかわからなかった。畑のなかを駆け、本所の町屋を走り、そして人気のない武家地から川沿いの道に出た。そこが小名木川(おなぎがわ)沿いの河岸道だと気づくのに少し時間がかかった。

　浅吉は二ツ目之橋(ふたつめのはし)をわたって深川に入ったが、途中でこの前までいた正源寺に近づくことになると気づいた。惣五郎の仲間が正源寺裏の家にいたらどうしようかと考え、途中で大川沿いの道を辿って東両国(ひがしりょうごく)に後戻りした。

　それから両国橋をわたり、横山同朋町(よこやまどうぼうちょう)に入ると右に左に町屋を折れた。何度もあたりに目を配り、背後を振り返った。追ってくる者はいないようだったが、惣五郎たちが実家に先まわりしているのではないかと不安になった。

　小網町のそばまで来たとき、足が止まった。そこは堀江六軒町(ほりえろっけんちょう)の外れで、目の前に親父(おやじ)橋が架かっている場所だった。

　喉が渇いていた。水を飲みたいので、近くにある長屋の路地に入り井戸端で釣瓶(つるべ)の桶をおろし汲みあげた水を手ですくって飲んだ。

「なんだい」

突然の声に心の臓が縮みあがった。声のほうを見ると、長屋のおかみだった。

「あんた、よそもんだね。他人の長屋に来て失礼じゃないか」

咎められた。

「すみません。つい……」

浅吉は頭を下げると、逃げるようにして路地を出た。

懐には財布が入っている。それには惣五郎にもらった手当の金が入っていた。約束は日に二分だったが、気前よく五両もらっていた。

当座は家に帰らなくてもしのげるが、親とおけいのことが心配でならない。どうしようか、どうしたらよいのだと何度も自問しながら、実家のほうへ足を進めた。そうしながら背後にも前方にも注意の目を配った。

なるべく目立たないように、暗がりになっている商家の軒先をつたうようにしていた。

信濃屋の前に来た。おけいの店だ。表戸はしっかり閉まっている。店のなかは静かで人の声も聞こえなかった。

近所の小料理屋と居酒屋の軒行灯が闇のなかにぼうっと浮かんでいる。酔っているらしい男が数人、提灯を持って歩いていた。

浅吉はその男たちをやり過ごして、信濃屋の裏にまわった。おけいの部屋は裏木戸を入って左へ行ったところにある。裏木戸に手をかけたが、猿がかかっているらしくびくともしなかった。

背後に足音が聞こえたので、びくっと振り返った。暗がりのなかを歩いてくる人影があった。浅吉は惣五郎たちではないかと思い、脱兎のごとく駆けてつぎの角を曲がり、すぐそばの天水桶の陰に隠れた。そうやって小半刻ばかりじっとしていた。暗い夜道を提灯も持たずに歩いて行く人がいる。そのたびに、浅吉は惣五郎たちではないだろうかと生きた心地がしなかった。そうでないことに気づくと胸を撫で下ろした。

いつまでもこうしているわけにはいかない。時はどんどん過ぎていく。空に浮かんでいた月は西のほうへゆっくりまわっていた。

周囲に十分な警戒の目を配り、勇を鼓して暗がりから出ると、実家へ足を進めた。信濃屋から半町（約五五メートル）ほど行ったところに川島屋という線香問屋がある。その脇路地に入ったところの脇店が実家だった。腰高障子は閉まっているが、家のなかには灯りがある。そして、母親の声がかすかに聞こえた。父親が何か答えた。

浅吉は親が無事だったことにほっと胸を撫で下ろしたが、戸をたたけなかった。これまでのことをどう話せばよいのか、心の整理がついていない。

安堵と不安が綯い交ぜになっていた。もう一度、表に戻った。人通りは極端に少なくなっている。足は自然に信濃屋の裏に向いた。おけいに相談してみようと思ったのだ。

裏木戸に立つと、おけいの部屋のあたりに見当をつけて小石を投げてみた。小石が雨戸にあたる音がした。変化はなかった。もう一度投げた。すると、小さく雨戸の開く音がして、おけいの声が聞こえた。

「なにかしら？　誰かのいたずら……」

「おけいちゃん。おけいちゃん」

浅吉は極力声を抑え、それでいておけいに届くように呼びかけた。

「誰、浅吉さん……？」

「そうだ。わたしだよ」

「何しているの？」

「困ったことがあるんだ。なかに入れてくれないか」

浅吉はまわりを見た。人はいなかった。しばらくして裏木戸が開いた。浅吉はそのまま裏庭に飛び込んだ。

## 四

時刻は四つ半（午後十一時）になるだろうか。

惣五郎たちは押上村の隠れ家から、亀戸村にある百姓家に移っていた。亀戸天神社の隣、普門院の東側にあるあばら屋だった。

夜になって急に冷え込んできたので、丸火鉢に炭を入れて火をたいていた。座敷の畳は毛羽立ち湿っていて、障子も襖も破れていた。雨戸はゆがみ、戸口の戸も滑りが悪く力まかせに開け閉めしなければならず、天井の隅には蜘蛛の巣があった。

燭台の灯りが惣五郎の前にいる仲間の顔を照らしていた。利助が火鉢の五徳に鉄瓶を置き、おりきが台所で淹れた茶を運んできた。

「どうするのだ」

口を開いたのは片山源兵衛だった。

「夜が明けたら浅吉の家の様子を探りに行く。見つけたら容赦はいらぬ。ただ、殺してはならぬ。まずは話を聞くのだ。番屋に駆け込んでいれば町方が動く」

「そうだったらどうするんです？」

おりきだった。

「つぎの仕事はできぬ。ただ、それだけだ」

惣五郎は茶に口をつけた。忌々（いまいま）しいほど腹が立っていたが、必死に冷静さを装っていた。

「それじゃ、もうこれでおしまいってこと……」

「それは明日の調べ次第だ。下手に動けばこちらの身が危ない」

そう言ったとき、惣五郎は目の端で浜田正三郎の表情の変化に気づいた。だから、正三郎に目を向けた。

「浜田殿……」

正三郎の表情がかたくなった。

「裏切りは許さぬ。もし、わたしがこの仕事から手を引いたからといって無用な口は慎んでもらわなければならぬ。わかっておろうな」

「そりゃもう……」

「そこもとは盗みと殺しの手伝いをしている。そのことを忘れてはならぬ。万にひとつ、わたしらのことが御上（おかみ）に知れるようなことになれば、そこもとはおろか、そこもとの親兄弟がどうなるか考えるまでもないこと。わかっておろうな」

正三郎は喉仏を動かし、つばを呑み込み、

「それは重々に……」

と、ひどく畏（かしこ）まった。気の弱い侍だというのは、最初に会ったときにわかった。武士のひとりぐらいは仲間に入れておきたいと考え、口入屋の美濃屋徳蔵から紹介を受けたが、期待外れだった。それでも何かの役に立つだろうと思い、雇い入れた。

「辰吉、新助、おぬしらも心得違いを起こしたら、無事ではいられぬということ忘れるでないぞ」

「そりゃもう」

辰吉が神妙な顔で答えれば、新助もよくわかっているという顔でうなずいた。この二人は殺しもやっている。自分たちの秘密を外に漏らすことはないだろう。炭がぱちっと爆ぜ、小さな火の粉が散った。

「それで浅吉のことだが……」

また源兵衛だった。

「まず、やつを捕まえることだ。捕まえた上で詳しく話を聞く。御番所に知らせているることがわかれば、わたしたちは手を引く」

「浅吉のことは？」

利助だった。

「生かしてはおけぬだろう」

「あいつの親と許嫁は……」

惣五郎は火箸で炭をいじって整えた。浅吉の親と許嫁を殺すのは容易いが、危険が伴う。だが、ここで放っておけとは言えない。辰吉と新助はもちろん、浜田正三郎にも恐怖を植え付けておかなければならない。

「長生きさせるつもりはない。それが浅吉との約束だった。やつはわたしを裏切ったのだ。裏切りは決して許さぬ」

惣五郎は炯々とした目を、正三郎から辰吉、新助と移していった。三人とも身を竦ませていた。

「おぬしらも裏切りは許さぬ」

「わかっています」

辰吉が答えれば、正三郎と新助もうなずいた。その間に、脇差と茶碗、それから軸をどうするかだ」

惣五郎の脇には盗んだ脇差と茶碗の入った桐箱、そして巻かれた軸が置かれていた。

「目利きに見てもらわなければなりませんが、手っ取り早く道具屋に持って行く手もあります。どっちがいいか……」

利助が思案顔をする。

「脇差はおれが使ってもよいが……」

片山源兵衛が物欲しそうな顔をして言った。

「値打ちがわかるのか？」

「いかほど値打ちのある物かわからぬが、見たところ安物ではない気がする」

惣五郎は考えた。源兵衛はよく仕えてくれている。その褒美として与えてもいいが、値の張る物だったら金に換えたい。それなりの稼ぎはしているが、向後のことを考えると金は少しでも多いほうがいい。

「まずは鑑定してもらってからだ。値の張る物だったら売る。そうでなかったら源兵衛、おぬしが使えばよいだろう」

「それは誰がどこへ持って行くんです？」

おりきだった。

「おまえと利助にまかせるか。明日にでも鑑定してもらえ。二束三文だったらそれまでのことだ」

「すると浅吉のことは……？」

利助が顔を向けてくる。

「わたしと源兵衛、そして浜田殿と辰吉と新助で捜す。まずは浅吉の家の様子を見に行く。そのつもりでいてくれ」

惣五郎はそう言ったあとで、おりきに酒の支度をしろと命じた。

## 五

「起きて。浅吉さん、朝よ」

浅吉はおけいに肩を揺すられて目を覚ました。そこが一瞬どこかわからないほど深く眠っていたが、目が覚めると同時に昨夜のことを思い出し、再び恐怖に襲われた。

夜具を払って半身を起こしたが、何も着ていなかった。おけいは寝間着を羽織っただけの姿だ。薄暗い部屋を見まわしてからおけいに顔を向けた。

「どうするの？」

おけいの黒い瞳が濡れたように光っている。昨夜、何もかもおけいに話していた。そのあとで恐怖を忘れるためと、おけいの体がほしくて睦み合った。おけいは恥じらいはしたが、すぐに受け入れてくれた。

「おとっつぁんとおっかさんに話さなくていいの。それより、無事かどうかたしかめなければならないのでは……」

「わかっている。しかし、あの怖ろしい悪党たちの仲間にされたことは」

「浅吉さん、何もかも話してしばらくどこかに匿(かくま)ってもらうしかないんじゃない。そうしないと殺されるかもしれないんでしょう」

おけいは浅吉の両肩に手をのせて揺すった。

「話したら、おっかさんは自身番に駆け込むに違いない。そうなったら、わたしだって……」

「浅吉さん、あなたは騙(だま)されただけで、何もしていないんでしょう。だったら正直に打ち明けるべきよ」

「そうは言うけど……おけいちゃん、わたしが騙されたのはたしかだけど、あの男たちの片棒を担いだんだ。つまり、仲間になって盗みをはたらき、伊勢屋の主夫婦を……」

浅吉は言葉を切って、ぶるっと体をふるわせた。伊勢屋の夫婦が殺されたときのことが脳裏に浮かびあがった。

「そんなこと言ったって、あなたの両親の命が危ないんじゃなくて……」

「おけいちゃんだって命を狙われるかもしれない」

「そんなのいやよ。わたしは……わたしは……」

おけいは泣きそうな顔になって、殺されたくなんかないと言った。

「わたしもおけいちゃんが殺されるなんていやだ。決してそんなことになってほしくない。どうしたらよいか、それを考えなきゃならない」

二人は夜具の上でしばらく黙り込んだ。

表から鳥たちのさえずりが聞こえてくる。雨戸の隙間から外の光が漏れ差しているが、それでまだ夜明け間近だというのがわかった。

「浅吉さんはどうするの？」

おけいが先に口を開いた。

「浅吉さんだって家に帰れないでしょう。ここにいることもできないわよ」

「そうなんだよ。それも考えなきゃならない」

浅吉は脱ぎ散らかしている自分の着物をたぐり寄せた。財布があった。

「どこかの安い旅籠に泊まろうか。金ならある」

おけいがきらきらした目で見てくる。

「おけいちゃんもいっしょに泊まればいい。それがいいかもしれない」

「あなたの親のことはどうするの？」

浅吉はうつむいて考え込んだ。誰かに助けてもらいたいが、頼れる人はいない。かといって町方に相談するわけにもいかない。

「ね、どうするの？」

おけいが浅吉の膝をつかんで、急かすように揺すった。そのとき家の奥で物音がした。

「親に見つかったらまずいわ。とにかく先にここを出てもらわなきゃ」

おけいは物音のしたほうを見て浅吉に顔を戻した。

「とにかくここを出る。それからまた考える」

浅吉は急いで着物を着にかかった。おけいの親は浅吉との婚姻を認めてはいるが、厳しい親だ。祝言を挙げる前に関係を持ったことが知れたら、破談を申しわたされるかもしれない。そのためには誰にも知られずに、おけいの家から出なければならない。

雨戸から外に出た浅吉は、家の近くで様子を見るとおけいに告げ、用心しながら裏木戸から表に出た。空は白々と明けはじめていた。表の通りに出ると薄い川霧が道を辿っていた。人通りはなかった。

浅吉は自分の長屋に戻りながら、おけいのことを考えた。信濃屋には住み込みの奉公人がいるし、昼間は通いの女中や手代もやってくる。惣五郎たちがひどい悪党でも、昼間に店を襲うというのは考えられない。両隣も商家なので騒ぎが起これば、すぐに近隣に知れる。惣五郎たちもそんな危険はおかさないはずだ。

では、夜はどうかと考える。夜はおけいの両親とおけい、そして住み込みの奉公人が四人いるだけだ。それだけの人がいるなら、惣五郎たちも手を出しにくいのではないか。そんな気がする。

（おけいちゃんはしばらくは大丈夫かもしれない）

安易かもしれないが、そんな気がした。では、自分の親はどうだろうかと考えた。父親は居職の職人だ。母親はその手伝いをしたり家事にいそしんでいる。家の両脇も店屋で、昼間はそれなりの出入りがあるから、そう簡単に襲われない気がする。問題は夜だ。両親は父親が作業場にしている奥の間で休む。寝込みを襲われはしないだろうかという不安が募る。

だからといって打ち明けるのには躊躇いがある。母親はおしゃべりだし、すぐに騒ぎ立てる気性だから、惣五郎たちのことを話したとたんに、町奉行所に訴えると言うだろう。父親は気難しい頑固者だからどう対処するかわからない。しかし、母親が騒げば父親はあえて口を挟まないかもしれない。

（まずい）

親には真実を打ち明けられないと、浅吉は思った。

家のある路地まで来た。通りの先や路地の奥に視線を走らせるが、人はいなかった。

（まさか、昨夜……）

浅吉は不吉なことを脳裏に浮かべて戦慄した。

「浅吉さん」

商家の軒下に立っていると、いきなり声をかけられどきっとしたが、おけいだった。

「どう？」

そう聞いてきたおけいは風呂敷包みを抱いていた。

「わからない」

「わたしがたしかめてくる。ここで待っていて、これを……」

浅吉は風呂敷包みをわたされた。何だと聞くと、着物だと言った。同じ着物だと相手に見つかりやすいからと言う。たしかにそうだった。

「わたしもしばらくは表を歩くときは頭巾を被ることにするわ。浅吉さんも手拭いで頬被りして、顔が見えないようにした方がいいと思う」

浅吉はおけいに感心した。そんなことは思いもつかなかったが、おけいの言うとおりである。

「ちょっと見てくる」

おけいはそう言うなり、長屋の路地に姿を消した。浅吉の親の家は脇店で、表通りから入った路地に面しているが、長屋の路地にも勝手口があった。

浅吉が軒先に身を隠すようにして待っていると、おけいが戻ってきた。

「大丈夫、浅吉さんのおとっつぁんもおっかさんも元気よ。声はかけなかったけど、話し声を聞いたから」

浅吉はほっと胸を撫で下ろした。

「それでどうするの？」

「ひとまず近くの旅籠に泊まることにする」

浅吉はいまはそれが最善だと思った。

六

「船頭が……」

伝次郎は久蔵の顔をまじまじと眺めた。その朝、海賊橋の近くにある茶屋でのことだった。互いに道具屋への聞き込みの結果を話したあとで、久蔵が業平橋のそばで船頭の死体が見つかったと言ったのだ。

「昨日の朝と言えば、神楽坂の伊勢屋が襲われた後ということになりますね」

「うむ。伊勢屋を襲った賊らしき者たちの乗った猪牙を見た者がいるが、ひょっとすると、その船頭だったのではないかと思うのだ。もし、そうであれば殺された船頭の身辺を探ることで賊の尻尾をつかめるかもしれぬ」

「船頭の死体はどうなっています?」

もし茶毘に付されたり墓に埋められているなら検分ができない。

「まだ、家にあるのではないかな。見つかったのは昨日の朝だから」

伝次郎は海賊橋をわたってくる町奉行所の同心を眺めてから、

「気になります。その船頭の家はわかっていますか？」

と、久蔵に顔を戻した。

「聞いておる。住まいは中之郷横川町の左兵衛店。その船頭を使っていたのは大横川沿いに店を構える船宿・長門屋だ」

「船頭の名は？」

「中蔵と言うらしい。歳は三十八だと聞いている。調べをしているのは北町の山本左門という本所廻りだ。気になるか……」

「死体が見つかったのが昨日の朝というのが気になります。神楽坂の伊勢屋が襲われた後ですからね。もしもということがあるかもしれません」

「おれもそう思うのだが、どうする？　おれが調べるか、おぬしがやるか？」

「わたしが出向きましょう」

「よし。ならば、おれたちは今日も道具屋をあたることにしよう」

昨日は一日かけて日本橋と神田界隈の道具屋への聞き調べを行ったが、賊につながるものは何もなかった。

久蔵は夕刻に落ち合う場所を決めて、早速取りかかろうと茶を飲みほした。

「粂吉、今日は松田さんの指図で動いてくれ。与茂七、おまえはおれと業平橋だ」

与茂七が返事をして立ちあがると、久蔵についている小者の八兵衛と貫太郎も立ちあがった。

「旦那、歩いて行くので？」

茶屋を離れてすぐ、与茂七が聞いてきた。

「舟で行こう。行きは手間がかかるが、帰りは早い。そのあとの動きにも役に立とう」

「それじゃ先に行って用意しておきます」

与茂七はそう言うなり、小走りに駆け去った。伝次郎はその後ろ姿を眺めながら、

（あやつ、いずれ船頭仕事ができるだろう）

と、内心でつぶやき、すぐに賊の探索に考えを戻した。いまのところ何の手掛かりもない。すでに探索を言いつかってから、今日で九日になる。焦るつもりはないが、賊の尻尾をなんらつかめないことに忌々しさを感じる。

亀島橋へ行くと、すでに与茂七が足半に履き替えて棹をつかんで待っていた。

伝次郎が舟に乗り込むと、与茂七がすぐに舟を出した。川面に滑らかに出たことで、伝次郎はうむとうなった。だんだん様になってきていると思う。

船頭の腕は棹遣いでわかる。例えば右舷から左舷へ棹を移し替えるときだ。その際、棹はすっと水のなかから抜かれ、逆側に移すときに滴を落とさない。また、水中に棹を突き立てるときには、飛沫をあげぬようにする。静かに抜き、静かに立てる。棹遣いはそれだけ難しい。だが、熟練した船頭はごく当たり前のようにやってのけるので、気づく者は少ない。

行徳河岸を抜け大川に入ると、急な流れとうねる波に翻弄される。上りになると棹から櫓に持ち替えるが、猪牙舟が大きく揺れる。伝次郎は流れを選べと助言する。流れの速いところとそうでないところの見極めは大事なことだ。

「猪牙の先ばかり見るんじゃない。流れの速い遅いは川全体を見ることだ。岸辺に茂っている葦や草の倒れ方でもわかる。流れが速いところの草は大きく倒れている。よどみのある場所の草は倒れ方が少ない。風がどっちから吹いているかも考えるのだ。それから大川は海の干満でも流れが違ってくる。いまは引き潮だというのはわかるか？」

「へえ、流れがいつもより速いですし、川岸を見ればわかります」

「大きくうねる波を受けぬようにするんだ」

与茂七は、はいと素直に返事をして櫓を漕ぐ。出会った頃は鼻っ柱が強く生意気なことを言ったりしたが、いまはすっかり従順な男になっている。

秋の日差しを受ける大川のさざ波がきらきらと光っていた。天気もよければ風もないせいか、空に浮かぶ雲がじっと動かないでいた。

大川を大きく遡上し、源森川に入った。その川は業平橋の先で大横川と名を変える。伝次郎は業平橋のそばに猪牙舟をつけさせて、河岸地にあがった。

殺された船頭・中蔵の家は中之郷横川町の西奥にある裏店だった。坊主の読経が終わったばかりで、これから棺桶に遺体を移すところだった。

伝次郎は間に合ったとわずかに胸を撫で下ろし、そこにいる者たちに自分のことを名乗った。

九尺二間の狭い家には、立錐の余地もないほど人がいた。近所の者と身内、それから船頭仲間のようだった。死体を検めたいという伝次郎に、喪主の女房は憔悴（すい）した顔でうなずいた。

女房のそばには四人の子供がいた。上は十歳ぐらい、下は四歳ぐらいだった。年上の子は目を腫（は）らしていたが、年下の子は悲しみがよくわからないのかきょとんとしていた。

死体は無惨（むざん）だった。一撃で命を奪われたとわかった。肩口から胸にかけ袈裟懸（けさが）けに斬られたのだ。他に傷はなかった。

しかし、伝次郎は傷を見て眉宇（びう）をひそめた。斬り方が、行徳河岸で揚がった死体とよく似ているのだ。

（同じ下手人の仕業か……）

確証はないが、そんなことを思った。

その場で死体を誰が見つけ、それはいつだったかを聞いた。おおむね久蔵から聞いた話と同じだった。

棺桶が運び出されると、伝次郎と与茂七は野辺（のべ）送りに行く者たちを見送って、中蔵の勤めていた船宿・長門屋に足を運んだ。

「へえ、あっしが知らせを受けたのは、朝の早い刻限でした。たしか六つ（午前六時）を過ぎたばかりの頃で、金助(きんすけ)という蜆(しじみ)売りが飛び込んできまして、中蔵が川に浮かんでいると言うんです。驚いて見に行くとたしかにそうで、どうしてこんなことになっちまったんだと、ただ驚くばかりで……」

そう言うのは亀三(かめぞう)という船宿・長門屋の主だった。頬のこけた痩せた男で、髪には霜を散らしていた。

「金助は中蔵を知っていたのか？」

「うちによく出入りする男です。中蔵にも冗談を言う剽(ひょう)げたやつなのですぐにわかったんでしょう」

「中蔵の舟はいかがした？」

「業平橋の袂(たもと)に舫(もや)ってありました。舟のなかにも血だまりがありましてね。怖ろしいことです」

「舟は橋のどっちに舫ってあった？」

「村のほうです」

すると橋の東袂ということだ。

「舟はこの店の前の舟着場に置いておくのではないか。それがなぜ、業平橋の袂に舫ってあったのだ？」

「あの前の晩に、中蔵はいい客がついたんで、舟を戻すのは今夜遅くなると言っていたんです。口数の少ないやつですが、いい仕事になると嬉しそうな顔をしていました。なにせ、子供四人を養わなきゃならない身の上ですから、少しでも稼ぎたいと思うのはわかります。だから好きにしていいと言ったんですが……こんなことになるとは……」

亀三はよくしゃべる男だ。伝次郎としては手間が省けていい。

「中蔵が言った、いい客というのは誰だかわかるか？」

「それがわからないんです。いったい誰だったのか？　その雇い主の客が下手人ですかね……」

亀三はそう言って伝次郎の顔をしげしげと眺めた。問題は中蔵を雇った客である。そのことを調べるために、他の船頭や店の者たちに訊ねたが、誰も中蔵を雇った客を知っている者はいなかった。心あたりもないと言うのだ。

長門屋での聞き込みを終えた伝次郎は、時間を潰したあとで、野辺送りから戻ってきた中蔵の女房に件（くだん）の夜のことを聞いた。

「稼ぎになる客がついたから今夜は遅くなる、と。ただそれだけを言って出て行ったんです。客のことは何も聞いていません。ですから、どこの誰かもわかりませんで……」

女房は肩を落としてため息をついた。

中蔵は一夜だけ雇われ、そして殺されたということになる。伝次郎はむなしそうに首を振った。

## 七

その日、粂吉は松田久蔵の指図を受けて道具屋を聞きまわっていた。前日より聞き調べの範囲は広げられ、さらに目立たない小さな道具屋もあたるように言われたので、骨の折れる仕事になった。

しかし、愚痴はこぼせない。日本橋北の浜町堀沿いの町屋から足を延ばし、小網町、北新堀町とまわり、霊岸島にわたり新川沿いの町屋も歩きまわった。

道具屋もいろいろで、がらくたとしか思えない物しかない店もあれば、一目でこれは高直だと思われる品を置いている店もあった。店の大きさも様々だが、表通りで商売をしている店は少ない。ほとんどが脇の小路に入った脇店か、あまり人気のない通りにあるといった按配だ。

すでに日は西に大きくまわり込んでいた。この頃は日が落ちかかったなと思うと、あっという間に日が暮れる。まさに釣瓶落としの時期である。

日の暮れ前には楓川の南外れ、本材木町八丁目にある茶屋で久蔵たちと落ち合うことになっていた。もうそれまでいくらもない。

粂吉は深川まで足を延ばそうと考えたが、聞き調べをしていない小網町一丁目と夏の火事で焼けた魚河岸界隈の町も調べてみようと思い、再び小網町の通りに戻った。

通りには早じまいをしたらしい職人や勤番侍、近所を流し歩く振り売りの行商たちの姿が目についた。日本橋川に沿った左手には蔵が建ち並び、通りに影を作っている。道の右側には商家が列なっており、暖簾や屋根看板が夕日に染まり、黄色っぽく見えた。

（あれ、あいつ……）

粂吉が足を止めたのは、小網町二丁目に入ったときだった。手拭いで頬っ被りをし、盲縞の着物を尻端折りしている男を見たからだった。その男はさっきも見ている。しかも挙動がおかしかった。人目につかないように商家の軒先に隠れるように立ち、一方に目を注ぎ、そしてまわりに目を配って脇の小路に消えたのだ。

いまは船宿の脇に立ち、通りを歩く者をさかんに気にするように見、そして信濃屋という艾問屋と履物問屋の間にある小路に消えた。

（盗人でもやる気じゃねえだろうな）

長年、町奉行所同心の手先としてはたらいている粂吉は、男に犯罪の臭いを感じた。相手が二本差しの浪人や与太者風情でも、尾けずにはいられない。

浅吉は信濃屋の裏に来た。裏木戸の向こうに耳をすますと、女中たちの声がかすかに聞き取れた。昼間は店に人が多いので、惣五郎たちも近寄れないでいるのだと思った。

しかし、おけいの声が聞こえない。昼間、おけいと別れたばかりだ。別れるときにおけいは浅吉の実家を見ておくと言い、日の暮れ前には浅吉がしばしの塒と決めた本材木町一丁目にある旅籠を訪ねると約束した。

浅吉は旅籠でじっとしていることができず、頬っ被り姿で実家の店をのぞきに行った。父親は戸を開け放して仕事をしていた。胸を撫で下ろし、まだ無事だと思い旅籠に戻ったがどうにも落ち着かず、先におけいに会って話を聞こうと考えた。

裏木戸の前で躊躇った。声をかけて女中におけいを呼んでもらおうか、どうしようかと迷った。

おけいの姿を見ないと安心できなかった。攫われたなんてことはないだろうなと、不吉な予感もするのだ。まさかそんなことはないと思うが、どうにも心が落ち着かない。

もう少し待ってみようと思い、少し先まで足を進めたとき、ぽんと肩をたたかれ、

「おい」

と、声をかけられた。

浅吉は心の臓が口から飛び出るほど驚くと同時に、「あ、あっあっ……」と、悲鳴とも驚きの声ともつかない声を漏らしながら後ずさりして尻餅をついた。

気が動顛し、思考が一瞬止まった。それに恐怖が加わり、我に返るのに時間がか

かった。実際はそう長くなかったのだが、浅吉は暗がりに立つ男を凝然と見ていた。

薄暗がりの路地なので男の顔ははっきりしなかったが、すぐに襟をつかまれ顔を引き寄せられた。

「何をびくつきやがる。おめえ、ここで何をしてるんだ？　昼間もおめえを見かけたが、どうも様子がおかしい」

男は中肉中背でこれといった特徴のない凡庸な顔つきをしていた。歳は三十半ばぐらいだろうか。だが、妙な威圧感を漂わせている。

「おれは町方の小者をやっている男だ。怪しいもんじゃない」

浅吉は目をみはった。町方の小者。すると町奉行所の手先だ。だが、その言葉を信じていいのかどうかわからない。惣五郎は得体の知れない人物で、仲間には自分の知らない男がいるかもしれない。浅吉は身を竦めながら忙しく考えた。

「ここで何をしていた？」

「何って、その、あの……」

「何だ？」

「知り合いを訪ねてきたんです」

許嫁のおけいのことを口にするのはまずいと思った。

「その店に知り合いがいるのか？」

町方の小者だと名乗った男は、背後の木戸口を振り返った。浅吉は襟首をつかまれたままだ。地面についた尻が冷たかった。

「は、はい。大事な用があるんで待っているんでございます」

「相手は奉公人か？」

「……あ、いえ。その幼なじみの……」

「幼なじみの何だ？　どうもおめえは怪しいな？　名は何と言う？」

「あ、浅吉と申します」

「家はどこだ？」

「家は、近くなんですが……」

そのとき、背後の木戸が開く音がして女が出てきた。おけいだった。

一瞬、男に隙ができた。浅吉は、逃げるんだと叫ぶような声を発して男から離れようとしたが、すぐに後ろ襟をつかまれて倒された。

# 第四章　白状

## 一

伝次郎が久蔵と落ち合ったのは、暮れ六つ（午後六時）の鐘が空をわたって間もない刻限だった。通りはすでに薄暗くなっており、茶屋の前を流れる楓川には、小料理屋の掛行灯（かけ）のあかりが映り込みてらてらと揺れていた。

「道具屋に例の物が持ち込まれたという話はなかった。貫太郎と八兵衛の方でもな」

久蔵は小者の貫太郎と八兵衛を見て言った。

そこは、本材木町八丁目の茶屋だった。目の前が楓川の材木河岸で、すぐ先に弾正橋が架かっている。

「業平橋であがった中蔵という船頭のことを調べてきましたが、下手人のことははっきりしません」

伝次郎はその日のことを詳しく話した。

「すると、中蔵を雇ったらしい客が怪しいということか……」

「そうなります。調べをしている左門にも会って話を聞きましたが、左門もその客を捜しているところです」

左門とは本所見廻り同心の山本左門のことだ。その日、伝次郎は中蔵の女房と、中蔵の勤め先だった長門屋で聞き込みをすると、その足で左門を捜して話を聞いていた。

「そっちの件は、おれたちの一件とは関係ないのかもしれぬ。左門に任せておけばよいだろう」

「さりながら、気になることがあります」

「なんだ？」

「中蔵は一刀のもとに斬られています。その傷口が行徳河岸で揚がった死体と同じような太刀筋なのです。たまたま同じような斬られ方をしたのかもしれませんが

「……」

「そのことだ」

久蔵は茶に口をつけてから言葉を継いだ。

「つい先ほど、あの件を調べている加納半兵衛に会った。行徳河岸で揚がった死体の身許がわかったのだ。死体は本町四丁目の車力屋(しゃりき)で仕事をしていた貞市という男だった。歳はまだ二十一。夏の火事で車力屋が焼けて職をなくしたので、美濃屋という口入屋の世話を受け、日傭取り(ひようと)みたいな仕事をしていたらしい。病弱な母親と妹がいるが、実家も例の火事で焼けて、いまは富沢町(とみざわちょう)の親戚の家に居候中だ」

「貞市はどこに住んでいたのです？」

「富沢町の親戚の家だが、狭いので遠慮して知り合いの家を泊まり歩いてたらしい。死体になって見つかる十日ほど前、いい仕事を請け負ったのでしばらく会えないと母親に言って親戚の家を出たのが最後だ」

「口入屋から受けた仕事は何だったのです？」

「半兵衛は美濃屋で聞いているだろうが、おれはそこまで立ち入って聞かなかった」

久蔵はそう言ったあとで、粂吉が遅いなと暗くなっている河岸道を見た。そのとき茶屋の女がやって来て、そろそろ仕舞いますと言うので、

「長居をしてすまなんだ」

久蔵は茶代と心付けを店の女にわたして立ちあがった。

「粂吉は熱心に聞き調べをしてるんでしょう。ここに誰もいなかったら、わたしの家に来るはずです。何かあれば、松田さんの屋敷に知らせることにします」

「うむ。それでよければよいが、何かあったのではなかろうな。そのことがちと心配だ」

「へまをするような男ではありませんから大丈夫でしょう」

伝次郎はそう応じたが、そのじつ粂吉のことが気になっていた。

「ひととおり道具屋はあたったが、本所と深川、それから上野と浅草のほうはまだだ。明日はそっちをあたることにする。明日の朝もう一度、その辺のことを話し合おう」

「承知しました」

伝次郎が答えたとき、亀島橋の袂に猪牙舟を戻しに行っていた与茂七がやって来

た。

「あれ、もうお開きですか……」

与茂七がみんなを眺めて言えば、

「与茂七、よくやっているようだな。ご苦労であった。また明日からつづきの調べだ」

と、久蔵がねぎらいの言葉をかけた。

そのまま久蔵は八兵衛と貫太郎を連れて歩き去った。

「粂さんはどうしたんです？」

与茂七が久蔵たちを見送って言った。

「調べに手こずっているのかもしれぬ。先に家に戻って待っていよう」

「何かあったんじゃないでしょうね」

「やつのことだ。心配はいらぬだろう」

「道具屋のほうはどうなんです？」

歩きながら与茂七が聞いてくる。伝次郎は久蔵から聞いたことを話した。町には夜の帳(とばり)が下り、先の道が白っぽく浮かびあがっていた。それでもまだ宵の口なので、提灯を持たずに歩いている者も見かけられた。

「それから行徳河岸で揚がった死体の身許がわかったそうだ」

伝次郎は道具屋のことを話したあとで言った。その件を最初に知らせに来たのは、与茂七だった。

「へえ、どこの誰だったんです？」

「元車力で貞市という若い男だったらしい。口入屋に紹介された仕事をしに行っている最中のことだったようだ。そっちの調べは加納半兵衛がやっているので、いずれ下手人は炙り出されるだろう。そうでなければ困る」

与茂七はしばらく黙って歩いたあとで、伝次郎に顔を向けた。

「旦那は業平橋で殺された船頭の中蔵と、行徳河岸で揚がった貞市の斬られ方が似ているようなことを言っていましたね。同じやつの仕業だったら、どういうことでしょう……」

「それは何とも言えぬ」

「おれたちが調べている賊と関係はないでしょうね」

「さあ、それも何とも言えぬが、どうであろうか……」

伝次郎は神楽坂下の染物屋・伊勢屋の主夫婦のことを脳裏に浮かべた。あの二人は斬られてはいなかった。主は心の臓を刺されて殺され、女房は首を絞められて殺されていた。業平橋と行徳河岸で揚がった死体の殺され方とは違っている。

「それにしても賊のやり方には首をかしげるところがある」

「どんなことです?」

伝次郎は与茂七を見て、

「まあ、帰ってからゆっくり話してやる。条吉の帰りを待たねばならぬし」

そう言って足を速めた。

## 二

家に戻ると、千草が作り置いてくれた煮物を与茂七が温め直している間に、伝次郎は楽な着流しに着替え、居間に行って腰を据えた。早速与茂七が酒を運んできて、温め直した南瓜(かぼちゃ)と茄子(なす)と椎茸(しいたけ)の甘辛煮を添えた。

「さあ……」

伝次郎は独酌したあと、与茂七に酌をしてやった。

「では、いただきます。それでさっきの話ですが……」

与茂七が酒に口をつけて見てくる。

「うむ。賊のやり方だ。どうも素人臭い」

「………」

「急ぎばたらきの仕業とも思えるし、新手の盗人だと考えることもできる。盗人稼業を専らにしている賊は、目をつけた商家や屋敷を念入りに調べたのちに押し入り、素速く逃げて行方をくらます。されど、此度の騒ぎを起こしている賊がもし同じなら、やはり新手の盗人と言えるかもしれぬ。御蔵前の札差・備前屋を除いた他のところは、いずれも人目につきにくい町外れだったり、場末にある。さほど金のある商家でもなかった。医者の緑安も然りだ」

「だけど、数を重ねれば、それなりの金高になります」

「たしかにそうだが、大金をいちどきに手にしようという賊のやり方ではない。そこがどうも気に食わぬし、よくわからぬ。大きな盗賊になると、目をつけた商家に仲間を送り込んで店の様子を探らせたり、女を使って主を籠絡して金の在処を調べたりする。いざ押し入ったときには、アシがつかぬように店の者を皆殺しにすることもある。されど、此度の賊は殺しもやっているが、先に仲間を送り込んだり女を使ってもいなさそうだ。また、どこもその面倒を省くことのできるところばかりだ」

「そう言われると、たしかにそうですが、それでもいくらかは調べをしているのではないでしょうか」

与茂七は南瓜を口に入れる。

「まあ、そうであろうが、さほどの手間はかけておらぬだろう。巣鴨の提灯屋へは近所の噂を耳にして押し入ったと考えることもできる。さりながら賊は証拠を残しておらぬ。だからおれたちは、手掛かりをつかめずに難渋している」

「旦那はこの盗人騒ぎはみな同じやつらの仕業とお考えで……」

「それは何とも言えぬが、そんな気がする」

「たまたま別の盗人が、同じような押し込み強盗をやっていたとしたら……」

「それも考えには入れねばならぬが、いずれにしろ手掛かりがない。盗まれた金は別として、やつらが盗んだ茶碗や軸、そして脇差を金に換えるために道具屋に持ち込んでいれば、そこから手繰っていくこともできるのだが、それも……」

伝次郎は口を引き結んでかぶりを振り、苦々しげな顔をして酒に口をつけた。

「粂さんはどうしたんでしょうね」

与茂七はふいに思い出したように玄関のほうに顔を向けた。伝次郎も粂吉のことは気になっている。約束の場所に約束の刻限に来ないということはこれまでなかった。

(やつの身に何かあったのではないか……)

そんな不安が胸の片隅から消えない。

「ひょっとしたら道具屋への聞き調べをしているうちに賊に気づき、尾けているのかもしれません」

「そうであればよいのだが、さて、どうしたものか……」

「粂さんの家に行って見てきましょうか。もし怪我でもして動けないでいるならことですから」

粂吉は松川町二丁目の裏店に独り住まいである。伝次郎の家から七、八町の距離だから与茂七の足なら造作もない。

「そうだな……」

伝次郎が答えたとき、表から草履の音が聞こえてきて、玄関の前で立ち止まったのがわかった。伝次郎と与茂七がとっさに玄関のほうに顔を向けると、遠慮がちな女の声がした。

「あの、夜分にお伺いいたします。いらっしゃいますでしょうか……」

「はい、どちらさんで……」

与茂七が声を返して玄関に向かった。伝次郎は盃を持ったまま動かずにいた。与茂七が戸を開けて、何の用だいと言った。

「わたしは村田屋という旅籠の者ですが、こちらは沢村伝次郎様のお宅で間違いないでしょうか」

「そうだ」

「粂吉さんという方から頼まれたのですが、すぐに来てもらいたいと、さように言われたのです」

「村田屋……どこの旅籠だ？」

「本材木町一丁目です」

伝次郎はもう立ちあがっていた。大小をつかむと、玄関に行って、

「わたしが沢村だ。粂吉はそなたの旅籠で何をしておるのだ？」

と、女を見た。

「お泊まりのお客様の部屋でお待ちです。詳しいことはわたしもよくわからないのです」

使いに来た女は旅籠の女中らしく、提灯を提げたままもじもじしていた。

「与茂七、すぐにまいろう。お女中、案内してくれるか」

伝次郎と与茂七が川口町の家を出たのはすぐだ。使いに来たのは旅籠・村田屋の女中で、名をお栄と言った。小柄でまるい顔をした二十歳を過ぎたばかりの若い女だった。

道々訊ねると、粂吉は浅吉という客の部屋にいると言う。そしてもうひとり女もいると付け足した。

「その女は何者だ？」

お栄はよくわからないと首をかしげ、

「浅吉さんは今日の昼間、うちにお泊まりになったばかりのお客様なんですけど

「……」

と言って、また首をかしげた。

三人は八丁堀の与力・同心地を右へ左へと曲がり、楓川に架かる海賊橋をわたった。旅籠・村田屋はそこからすぐのところにあった。近くに木更津(きさらづ)に行く船の発着所があり、木更津船を使う客たちが泊まる旅籠のひとつだった。

## 三

粂吉は二階奥の客間にいた。他に行灯の薄明かりを受けた若い男と、細面にはっきりした二重の女がいた。女はまだ二十歳前のようだ。

「おれの旦那だ。南町の内与力様だ」

粂吉が言うと、男はすぼめた肩をさらにすぼめて縮こまった。女は顔色をなくして目をきょろきょろさせた。

「どういうことだ」

伝次郎は腰を下ろした。

「この男は小網町二丁目に住む浅吉という男です。そっちの娘は同じ町内にある艾問屋・信濃屋の娘で……」

「おけいと申します」

女は遮って名乗った。

「それで……」

伝次郎は浅吉とおけいを眺める。

「昼間、道具屋をあたっているときにあっしは浅吉を見たんです。落ち着きがなく、何か探っているような素振りで、どうも様子がおかしいと思ったんですが、あっしは調べをつづけたんです。ところが、また日の暮れに浅吉を見かけまして、またおかしな動きをするんで尾けて行くと、信濃屋の裏木戸で店の様子を探っていまして、それで押さえたんですが、そこへおけいが出てきてわけのわからねえことをぬかします」

粂吉は浅吉とおけいから聞いた話をした。

浅吉とおけいはいずれいっしょになると誓い合った仲だった。浅吉はそのおけいに会いに行ったが、人目を憚っている様子が粂吉の目に不審に映った。それで粂吉は浅吉を捕まえてあれこれ問いただした。

「浅吉の家は同じ町内にあるんですが、家には帰れない事情があり、この旅籠に泊まっていると申します。それだけでなく、両親が殺されるかもしれないと言うんです。それなのに、こいつはここに泊まっています。それにおけいも危ない目にあうかもしれないと、わけがわからないんです。なぜ、親が殺されるかもしれぬと言うのだと聞いてもだんまりですし、おけいの身が危ないというのも理由がわからねぇんで……それで困りましてね」

浅吉は肩をすぼめたままうつむいている。おけいはそんな浅吉をちらちら見て、伝次郎や条吉を見るが、目があうと膝に置いた手に視線を落とした。

「親が殺されるかもしれないというのは尋常ではないな。いったいどういうことだ」

伝次郎は浅吉をまっすぐ見て聞く。

「それは……その……」

浅吉は蚊の鳴くようなか細い声を漏らした。

伝次郎は眉宇をひそめて問いをあらためた。

「親の商売は？」

「おとっぁんは居職の錺職人です。おっかさんといっしょに住んでいます」

「それで何故、親が殺されると言う？」

「……いろいろわけがあって……」

浅吉はもじもじと体を動かし口をつぐむ。

「おまえの親は誰かの恨みでも買っているのか？」

「いえ、そんなことはありません」

「では、なぜ殺されると言う」

「…………」

「親が殺されそうだというのに、倅のおまえはこんなところになぜ泊まっている。おかしいではないか。親が危ない目にあいそうなら守ってやるべきではないか」

「それはそうなのですが、わたしも……」

「なんだ？」

伝次郎は浅吉を凝視する。色白ですっきりした顔立ちだ。その顔に苦悩の色が濃い。

「人に言えない深いわけがありそうだな。浅吉、正直に話してくれぬか。わたしは役目柄、人が殺されるかもしれないと知って、救いの手を差し伸べぬわけにはいかぬ」

「ほんとうに御番所の与力様なんですか……」

おけいが黒く澄んだ目を向けてきた。その目には猜疑の色があった。

「嘘ではない。自宅でくつろいでいたのでこんななりをしているが、南町の者だ」

「ほんとうだぜ」

与茂七が口を添えた。おけいは与茂七に目を向け、すぐに浅吉を見た。

「親はいつどうやって誰に殺されると言うのだ。浅吉、有り体に申せ」

「浅吉さん……」

おけいが膝をすって少し浅吉に近づいた。浅吉は唇を嚙む。

「御番所のお役人さんなのよ。話したらどうなの」

おけいは話をうながすが、浅吉は戸惑っている。伝次郎は少し考えた。近くの部屋の泊まり客がときどき小さな笑い声を立てていた。

「浅吉、何やら話せない事情があるのだな。仕事は何をしている？」

「いまは何もしていません。この夏までは熊野屋という明樽問屋に奉公しておりましたが、夏の火事で店が焼けて、そのまま熊野屋は店をやめてしまったのです」

「それからは何もしていないのか……」

浅吉はいいえと首を振った。

「浅吉さん、おっしゃいな。おとっつぁんとおっかさんのことを考えたら、黙っているのはよくないわ」

おけいは勧めるが、浅吉は何かを言おうとして口籠もる。

「浅吉さんは悪い仲間に騙されたんです」

おけいが言うのへ、

「おけいちゃん」

と、浅吉が窘めた。

「いいえ、そうなんです。この人、仕事をなくしたから口入屋の紹介を受けて仕事に行ったのです。でも、その仕事がよくなかったのです」

「どういうことだ」

伝次郎はおけいを見つめた。

「わたしもよくは知らないのですけれど、浅吉さんは悪い仲間の誘いを受けて、無理矢理に泥棒の手伝いをさせられたんです」

「なんだと……」

「おけいちゃん、やめてくれ」

浅吉が泣きそうな顔を向けたが、おけいは黙らなかった。

「浅吉さんはそんな仕事をするなんて思いもよらなかったから、怖くなって逃げてきたんです。でも、悪い仲間は浅吉さんの家のことや親のことも、そしてわたしのことも知っていて、裏切ったら殺すと脅されているんです」

「浅吉、おけいの言うことはほんとうなのか？」

「申しわけございません。わたしは、まさか、そんなことになるとは思いもしなかったのです」

浅吉はそう言うなり顔を覆（おお）ってしばらく泣いた。

「正直に知っていることを何もかも話してくれぬか」

伝次郎は浅吉が口を開くのを待った。だが、浅吉は許しを乞うばかりで、あとは貝のように口を閉ざした。

## 四

一刻後――

伝次郎と粂吉は浅吉の親が住む甲兵衛店の家にいた。表口から訪ねたのではなく、長屋の路地に面した勝手口から入ったのだった。

話を聞いた浅吉の両親は大いに驚き、また憤慨の色を顔ににじませた。

「どうしてそんな仲間に……あの子は人を騙したり、人の物を盗んだりする子ではないんです。それで浅吉はどこにいるのですか？　まさか牢屋に入れられているのでは……」

お初という女房は怒りと心配をひと混ぜにしたような目で伝次郎を見た。

「お初殿、声が大きい。浅吉は無事だ。本材木町の村田屋という旅籠に泊まっている。信濃屋のおけいもいっしょだ」

「信濃屋さんは大丈夫なんですか？」

亭主の弥平が顔を向けてきた。晩酌をしたあとらしく、息が酒臭かった。

「いまは見張りを立てている。この家も見張りをさせている。とにかく今夜はおとなしくしていてくれ」

「でも突然、寝込みを襲いに来るなんてことは……」

「案ずるな、見張りは厳重にする。それで今日のことだが、怪しげな者が訪ねてこなかったか？　あるいは、この近所に見知らぬ者がうろついたりしていなかったか？」

伝次郎の問いに弥平とお初は顔を見合わせ首をかしげ、そんな者は来なかったし、見なかったと口を揃えた。

「落ち着かぬ夜になったが、無用に騒ぎ立てることはない。そなたらのことはしっかり守る」

「お願いいたしやす」

弥平が深々と頭を下げれば、お初もそれに倣った。

伝次郎はそのまま弥平の家を出て、表に出て粂吉に見張りを命じ、信濃屋に向かった。すでに夜の闇は濃くなっており、通りには人影もなかった。

蔵地を抜けてくる風が冷たく、伝次郎の小鬢（こびん）の毛をふるわせた。どこか遠くで吠える犬の声が空に広がった。

信濃屋のそばへ行ったとき、与茂七が暗がりから出てきて、こっちですと首を振った。信濃屋の裏に行くと、そこに松田久蔵と小者の八兵衛と貫太郎の姿があった。みんな闇のなかに溶け込んでいた。

「与茂七から話は聞いた。浅吉という男の親はどうだ?」

久蔵が低声で聞いてきた。

「いまのところ何事もありません。賊が来た気配もないようですが、条吉に見張らせています」

「ひとりでは不安だ。八兵衛、おまえも甲兵衛店へ行き、条吉と見張りをやってくれ」

久蔵が命じた。

「信濃屋へ話はしたほうがよいですね」

「うむ。伝次郎、おまえにまかせる、おれは浅吉とおけいから話を聞きたい。村田屋にいるのだな」

「いるはずです。たっぷり諭しているので、逃げたりはしないでしょう」

「あとでまた話をしよう。それにしても、これは粂吉のお手柄である」

久蔵はそう言い残して離れていった。

伝次郎は与茂七と貫太郎を見張りにつかせ、裏木戸から信濃屋を訪ねた。

裏木戸に出てきたのは住み込みの奉公人だった。すぐに主夫婦に取り次いでもらうと、客座敷に通された。夫婦は床に就いていたらしく、二人とも寝間着姿だった。

お春(はる)という女房は伝次郎から話を聞くなり、驚いておけいの部屋を見に行き、ほんとうにいないと慌てて戻ってきた。

「落ち着いてくれ。店の表には見張りがいる。賊が近づいてきても、それ以上のことはさせぬ」

「しかし、なぜこんなことに……」

主の長兵衛(ちょうべえ)はかたい表情だった。伝次郎は浅吉から聞いたことのあらましを話し、浅吉とおけいがいる旅籠を教えた。

「浅吉さんは逃げたと言っているようですが、その賊はどうしているんです？」

「わからぬ。今夜はこの店の見張りをするが、浅吉からはもっと詳しいことを聞かなければならぬ。とにかく大袈裟(おおげさ)に騒がないでくれ」

長兵衛は女房と顔を見合わせてうなずいたが、突然のことに戸惑っていた。

伝次郎は忠告をすると、そのまま店を出て裏木戸から路地に出た。いまのところ変わった様子はない。

暗がりに身をひそめていた与茂七が近づいてきて、

「旦那、ずっと表で見張りをするんですか？」

と聞いてきた。

「それを考えているところだ。しばらくつづけてくれ」

伝次郎はそのまま表通りにまわった。信濃屋の四軒先に自身番があり、表に灯りがこぼれていた。

小網町は店の表を見張るには難儀(なんぎ)する。それも日本橋川沿いの片側が蔵地になっているからだ。蔵のなかで見張ることも考えたが、それは骨が折れる仕事になる。

もっとも、寒さの厳しい冬でないのがさいわいだった。伝次郎は自身番に入った。

夜更けに御番所の与力が訪ねてきたことに、詰めている者たちが訝(いぶか)しげな顔をしたが、話を聞くと一様に驚いた。

「ここは信濃屋に近い。交替で見張りをするのでここを使わせてもらうが、おぬし

「そういうことでしたら、是非もありません」

書役が神妙な顔で答えた。

伝次郎は番人が淹れてくれた茶を飲むと、また信濃屋の裏にまわり、そのまま与茂七、貫太郎と見張りについた。

空には星が散らばり、薄い雲の先に浮かぶ月がぼやけていた。

暗がりに身をひそめている伝次郎は、浅吉のことを考えた。

（あやつ、まだ何か隠している）

話はおおむね聞いているが、あれがすべてではない、とやり取りしているうちに感じていた。おそらく話を聞きに行っている久蔵もそう思うはずだ。

だが、賊の手掛かりをやっとつかんだという感触はあった。

それから半刻ばかりたってから、久蔵が戻ってきた。

「伝次郎、浅吉は何か隠しているが、やつは賊を知っている」

「わたしもそう感じています。やつの口が重いのは、人に言えないことがあるからでしょう」

「それは浅吉の向後に関わることだと思われる。夜が明けたらもう一度話を聞くが、美濃屋という口入屋に話を聞かねばならぬ。浅吉は美濃屋の紹介で泥棒の片棒を担いでいる。そして、行徳河岸で揚がった貞市も美濃屋の紹介で仕事に出ていた。浅吉は貞市のことを知らないようだが、美濃屋は何か知っているかもしれぬ」

「美濃屋が賊と繋がっていると……」

「それはわからぬ。とにかく夜が明けたら浅吉の口を割らせる」

久蔵は闇のなかで目を光らせた。

## 五

小網町の通りに朝霧が立ち込めた。東の空に浮かぶ雲がゆっくり赤く染まりはじめた頃である。

交替で見張りをしていた伝次郎たちは、ろくろく眠ることができなかったが、賊と思われる不審な人物はあらわれなかった。

やがて日が昇り、霧が流されて町屋が明るくなった。早出の職人や行商人がちらほらと通りに出てきた。納豆売りに蜆売りが長屋の路地に入り、また出てくる。そんな担い売りを追いかけて長屋から出てくるおかみの姿もあった。

浅吉の親が住む甲兵衛店を貫太郎が見張り、信濃屋の表と裏を粂吉と八兵衛が見張りつづけている。

与茂七が浅吉とおけいを小網町の自身番に連れてきたのは、五つ（午前八時）過ぎだった。

伝次郎と久蔵は自身番の座敷にあがり、神妙な顔で腰を下ろした浅吉と向かい合った。

おけいが浅吉のそばに座った。

「飯は食ったか？」

久蔵はやわらかな笑みを浮かべて浅吉を眺める。伝次郎は訊問を久蔵にまかせ、成り行きを見守る。

「へえ、少しだけ」

浅吉は低声を漏らした。

「昨夜は遅くまですまなんだ。役目柄、迷惑をかけるが、気を悪くしないでくれ。

おい、茶を淹れてやれ」

久蔵は番太に言いつけた。

「それで、昨夜のつづきだ。世話人の惣五郎の仕事を請け負ったというのは聞いたが、それは口入屋の美濃屋の紹介だったのだな」

「はい」

「そして、その仕事は盗人の手伝いだった。どこへ盗みに入った？」

「浅吉さん」

おけいが浅吉を咎めるような目で見て言葉を足す。

「昨夜、今日は何もかも話すって言ったじゃない」

浅吉はこくんとうなずくが、口は重い。言うか言うまいか躊躇っている。

「浅吉、わしらはほうぼうにあらわれている賊を捜している。そやつらは盗みだけでなく殺しもやっている。放っておける悪党ではない。それでな、おまえの知っている賊の仕業ならこういうことだ」

久蔵は深川石島町の医師・緑安宅が襲われ、その後に襲われた商家の名をあげていった。

伝次郎は久蔵の口から商家の名が出るたび、浅吉の表情の変化を毫も見逃すまいと凝視する。

浅吉は膝許に視線を落としたままだったが、浅草今戸の平田屋、駒込の庭師・佐平宅、巣鴨の提灯屋・重蔵宅の名が出ても変化を見せなかった。しかし、北本所番場町の質屋・近江屋の名が出たとき、閉じていた口がわずかに開き、こめかみの皮膚が動いた。

さらに久蔵は襲われた店の名をあげていった。浅吉は膝に置いた拳を強くにぎり、口を引き結んでいたが目が泳ぎはじめていた。

神楽坂下の染物屋・伊勢屋の名が出ると、引き結んだ口を何度も動かした。訊問をする久蔵も浅吉の表情の変化に気づいたらしく、

「浅吉、おまえは美濃屋の紹介を受け、手当がいいからと仕事を請け負った。そして、近江屋という質屋に行った。そこで盗みの手伝いをした」

浅吉は顔色をなくしていた。もともと色白の顔がさらに白くなっていた。

「近江屋では殺しはなかった。されど、神楽坂下の染物屋・伊勢屋では主夫婦が殺された。その賊は舟を使ったらしい。その舟に乗っていた賊を見ていた者がいるん

だ」

久蔵のうまい誘導訊問だった。浅吉がはっと顔をあげたのはすぐだ。久蔵は何食わぬ顔で、言葉を継ぐ。

「その舟を見たのは、牛込揚場町の薪炭屋の伊助という者だ。そやつを連れてくれば、もう言い逃れはできぬ。観念して知っていることをみな話してみないか。おまえが騙されたということがわかれば、斟酌の余地がある」

「斟酌……」

浅吉は目をみはった。

「御上は鬼ではない。おまえの心得次第で汲み量ってくださるということだ。おまえは見たところ悪い人間ではない。素直に話し、賊捕縛に一役買ってくれるなら罪は問われぬかもしれぬ。さようなことだ。喉が渇いているだろう。茶を飲みな」

久蔵の言葉に浅吉は唇をふるわせた。伝次郎は「落ちた」と思った。

「浅吉さん」

おけいの声が浅吉の背中を押した。それから浅吉は泣きそうな顔で口を開いた。

「も、申しわけございません。わたしはまさか、あんなことをするとは思いもしなかったのです」

深く頭を下げた浅吉は、美濃屋徳蔵の紹介で世話人という惣五郎の家に行ってからのことをつっかえながら話していった。

伝次郎と久蔵は静かにその話に耳を傾けていた。浅吉はやはり、質屋の近江屋と神楽坂下の伊勢屋襲撃に加担していたのだった。

「他の店のことは知りません、わたしが手伝わされたのはその二軒だけです」

「世話人は惣五郎だな。そやつは賊の差配役か。その他の仲間のことを教えてくれ」

すっかり観念した浅吉は何もかも話した。

久蔵はすべてを聞き終えると、

「伝次郎、浅吉を大番屋に連れて行け。しばらく預かる」

「え、どうして大番屋なんです？」

おけいが慌て顔を久蔵に向けた。

「浅吉の身を守るためだ」

「だったら、わたしもいっしょに行きます」

久蔵は困った顔を伝次郎に向けてきた。その目がどうすると言っている。

「かまわないでしょう。大番屋ならおけいの身も守れます」

「よし。では、まかせる。大番屋で賊の人相書(にんそうがき)を作る。その手配りもしてくれ」

六

大番屋へ浅吉とおけいを連行した伝次郎は、与茂七に絵師(えし)を呼びにやらせている間、もう一度浅吉から話を聞いた。

おけいがそばに座って神妙な顔で二人のやり取りを聞いていた。

「世話人の惣五郎という男だが、浪人の風体なのだな」

「はい。ですが、普段は丁寧な侍言葉を使います。にらまれると怖いんですけれど、何もなければ穏やかに話をします」

「片山源兵衛は惣五郎の手下だろうが、二本差しなのだな」

「そうです。いま考えると、あの人は世話人の用心棒だと思います」

「剣の腕はいかほどかわかるか」

伝次郎は二つの死体を見ている。貞市と船頭の中蔵だ。傷口の太刀筋がよく似ていたし、よほどの手練れでなければああいう斬り方はできない。

「それはわたしには……」

浅吉は首をかしげた。

「もうひとり、おまえと同じく雇われた浜田正三郎という男はどうだ?」

「あの人は部屋住みの身なので、親元を離れて独り立ちしたいと話していました。父親は御徒組の同心なので、こんなことをしているのが知れたら、自分だけでなく親兄弟に迷惑をかける。こうなったからにはうまくやるしかないと言っていました。それに刀は差しているけれど、剣術はからきしだめなのだと自分のことを嘆いていました。頼りになると思ったのですが、まったく意気地のない人で……だからわたしは逃げるしかないと思いました」

「辰吉と新助という仲間がいたのだな。その二人はどうだ?」

「さっきも話しましたが、あの二人も口入屋・美濃屋から紹介を受けて世話人の〝仕事〟をするようになったんです。浜田正三郎さんも同じです」

「みんな美濃屋の世話で惣五郎の手下になったというわけか……」

「おそらく」

伝次郎は格子(こうし)窓から差し込む日の光を見て考えた。惣五郎という悪党は、金で釣って人を集め、強盗を強要している。そして、誰もが弱味をつかまれ、脅しをかけられている。

「世話人は何もかもわたしらのことを調べていたのです。親のことは口入屋で話したのでまあ当然だと思ったのですが、おけいちゃんのことまで知っていたのには驚きました。辰吉さんも新助さんも、やはり弱みをにぎられていて、悪事の助をしたことが表沙汰になれば、やはり親兄弟に迷惑がかかると言っていました」

「その辰吉と新助は、染物屋・伊勢屋の主夫婦を殺したのだな」

浅吉はかたい顔でうなずいた。

「品川の鼈甲簪屋讃岐屋、池之端七軒町の出雲屋、御蔵前の備前屋でも主夫婦が殺されている。それも辰吉と新助の仕業だったのか？」

「そのことは聞いていません。ですが、思い返せばあの二人は伊勢屋での殺しが初めてではなかったと思います。何の躊躇(ためら)いもなく寝ている二人を襲ったのですから……」

浅吉はそのときのことを思いだしたのか、ぶるっと体をふるわせた。

「おまえは伊勢屋では帳場にあった金箱を運んだのだな。それを押上村の隠れ家に持って行った」

「そうです」

「伊勢屋を襲ったとき猪牙を使っているが、そのときの船頭も仲間だったのか？」

「いいえ、それはわかりません。押上村の家にはあの人は来ませんでしたし、深川の正源寺裏の家でも見たことはありません。あの船頭を見たのは、伊勢屋に向かう猪牙に乗り込んだときです」

「伊勢屋を襲ったあと、猪牙はどこまで戻ってきた？」

「業平橋です」

伝次郎は板座敷に差し込んでくる光の条を目で追った。業平橋で殺されていた中蔵という船頭は、一晩かぎりで雇われたのだろう。そう考えておかしくない。

伝次郎はその中蔵のことをざっと話してやった。女房と四人の子持ちで、寡黙な男ではたらき者だったということだ。

「あの晩、その中蔵という船頭は女房に、稼ぎになる客がついたので、今夜は遅くなると言って家を出て、冷たくなって戻ったことになる」

「怖ろしいことを……怖ろしいことを……」

浅吉は瘧にかかったように体をふるわせた。おけいはそんな浅吉を眺めてうつむいた。

「もう一度聞くが、貞市という男のことは知らないのだな?」

「はい、会ったことはありません。逃げた人が殺されたというのは辰吉さんと新助さんから聞いただけです。ほんとうに悪いところに来てしまったと、後悔いたしました」

「そのときに逃げられなかったの?」

おけいが聞いた。

「あのときは怖くてそんなことはできなかった」

浅吉が答えたとき、与茂七が絵師を連れてやって来た。伝次郎も知っている桂川志峰という絵描きで、主に枕絵や役者絵を描いている年寄りだった。

「しばらくでございますな」

志峰の挨拶に伝次郎は軽く答えて、あらましを話した。

「へえへえ。それじゃ早速にも描きますが、摺り増しをするんでしょうか？　それとも肉筆でよろしいので？　数が多うございますが……」

「まずは肉筆を各々十枚ほど、摺り増しはあとでよいだろう」

「承知いたしました。では、お話を伺ってまいりましょう」

志峰は白髪頭を搔きむしりながら、絵道具の入った風呂敷と、半紙の束をそばに置いた。

「旦那、おれはここに残るんですか？」

伝次郎が土間に下りると与茂七が顔を向けてきた。

「いや、いっしょに口入屋に行く」

「美濃屋ですね」

「さようだ。松田さんは深川に行っているが、あとで小網町の自身番屋で落ち合うことになっている」

「まいるぞ」

伝次郎はそのまま大番屋を出た。

「浅吉の見張りはいいんで……」

「番屋には番人がいる。逃げようと思っても逃げられはせぬ」

伝次郎はその旨をぬかりなく番人に指図していた。

七

口入屋・美濃屋は葺屋町にあった。表店から路地を入った突きあたりの目立たない場所だ。腰高障子に「口入屋　美濃屋」というのたくった字が書かれていて、軒には「御奉公人口入　仕　候」という看板がぶら下がっていた。

障子を開けて敷居をまたぐと、正面の文机にいた男が生欠伸を嚙み殺して伝次郎と与茂七を見てきた。額が広く骨張った四角い顔をしている中年だった。

「主の徳蔵だな」

「はい、さようです。仕事の……ということではなさそうでございますね」

徳蔵は伝次郎の身なりを見てそう言った。

「ちょいと聞きたいことがある。おぬしは惣五郎という男に、人を周旋しておるな。ひとりや二人ではない。少なくとも五人だ。そのうちのひとりは、小網町二丁目の浅吉という男である。もうひとりは元車力の貞市という男。存じておるな」

「はあはあ。浅吉さんに貞市さんでございますか。少々お待ちを……」

徳蔵は指につばをつけて手許の帳面をめくりながら、

「惣五郎さん、惣五郎さん……どこかで聞いたお名前ですな……」

と、独り言を言ったあとで、ひょいと顔をあげて伝次郎を見た。

「もしや池内（いけうち）惣五郎様のことでございましょうか……」

「おそらくそうかもしれぬ」

「はあはあ。あの方は手当のいい仕事をおまわしくださっています。周旋の口銭（こうせん）も先にお支払いされる奇特（きとく）な方です。あ、ありました、ありました。たしかに浅吉さんと貞市さんを池内様に紹介しています」

「他にも辰吉、新助という男がいるはずだ。それから浜田正三郎という侍」

「へえ、おっしゃるとおりでございます。たしかにご紹介申しあげております。身許がしっかりしていて、若くて元気のありそうな男をまわしてくれと頼まれましてね。ご存じのとおり夏の火事で、職をなくした方がこの辺には多うございますから、さほど手間取ることなくご紹介申しあげました」

「その池内惣五郎という者は何者だ？」

「何かあったんでございますか？」

美濃屋徳蔵はげじげじ眉を動かして伝次郎を見た。

「池内惣五郎は盗人かもしれぬのだ」

「ええっ。ほんとうでございますか。それはそれは、とんでもないことではありませんか」

徳蔵は大仰に驚いた。

「惣五郎のことを、わかっているだけ教えてくれ」

「ちょいとお待ちください。えーと、池内惣五郎様でしたら。深川相川町にお住まいのお旗本です。なんでも力仕事を頼みたいので、若くて元気のありそうな人をとご所望でした。それが手当がよろしゅうございましてね。日に二分とか一分とかの大盤振る舞いです。飛びつく人はいましたが、若くて元気があり身許のしっかりした人となれば無宿人はだめでございますから、旦那がいま口にされた方を紹介してあります」

口数の多い口入屋だ。

「おぬしは惣五郎のことをどこまで知っておる？」

「どこまでって、お旗本で深川相川町にお住まいだということだけです。物腰の柔らかい人品のよい方でしたが……まさか盗人だとは……」

伝次郎は徳蔵の表情を読み取ろうと凝視していたが、嘘を言っているふうではない。

「惣五郎に紹介したのは、五人だけか？」

「さようです。わたしはこうやって帳面にしっかり書き留めていますので、間違いはありません」

「貞市という元車力は殺され、行徳河岸に浮かんでいた。聞いておらぬか？」

徳蔵は帳面を掲げ、自信たっぷりの顔で言う。

「ええっ、えええっ、それはまことで……」

徳蔵はげじげじ眉を吊りあげて驚く。この男は何も知らないようだ。

「その池内惣五郎は幕臣であろうか？　それとも無役の旗本だろうか？」

「それは伺っておりませんで……」

惣五郎の名が本名であるかはわからない。そして旗本というのも怪しい。しかし、これはたしかめなければならない。伝次郎は惣五郎の年恰好を聞いて美濃屋を出ると、そのまま与茂七と深川相川町に足を向けた。

深川には土地鑑のある伝次郎だが、深川相川町に旗本屋敷があったかと訝しむ。しかし、旗本のなかには本宅の屋敷とは別に抱屋敷を持っている者もいる。ひょっとすると、そうかもしれないと考えた。

しかし、相川町の自身番に行って調べたが、池内惣五郎という旗本の屋敷は存在しなかった。

「浅吉が最初に行った家は正源寺裏にあると言ったな」

伝次郎は自身番を出てつぶやいた。

「松田の旦那が行ってらっしゃるはずです」

与茂七が答えるのに応じて、伝次郎は自分たちも行ってみようと足を進めた。

正源寺のそばへ行ったとき、久蔵と八兵衛に出くわした。

「賊の隠れ家はたしかに正源寺の裏にあったが、もぬけの殻だ。近所で聞き込みをしたが、隠れ家へ出入りする男たちを見た者がいた。女がひとりいて近所で買い物をしている。おりきという女だろう」

久蔵は渋い顔で無精ひげの生えた顎を撫でた。

「惣五郎や利助という男のことも……」

「見た者は何人かいるが、とくに気に留めるような男たちではなかったというのが、大方の話だ」

「すると、浅吉が言ったように賊は押上村の隠れ家に……」

「おそらく浅吉が逃げたいまはいないだろう。だが、調べる必要はある。人相書はどうだ」

「いま絵師が描いているはずです」

与茂七が答えた。

「伝次郎、押上村の隠れ家を調べに行ってくれぬか。おれたちは道具屋をあたる。深川と本所にもそんな店がある」

久蔵はそう言ったあとで言葉を足した。

「信濃屋の見張りは外していいだろう。日中、人の出入りのある店にはさすがに賊も押し込みはすまい」

「浅吉の親の家はどうします。あっちにはつけていたほうが無難だと思いますが」

「だったら貫太郎と粂吉を替わらせよう」

「人相書は小網町の番屋に届けるようにします。押上村に行ったら、小網町の番屋に戻りましょう」

「頼んだ」

その場で久蔵と別れた伝次郎は、与茂七に浅吉の親がいる甲兵衛店へ行き、見張りについている貫太郎と粂吉を交替させるよう指図し、それがすんだら猪牙舟を霊岸橋へ持ってくるよう言いつけた。

与茂七が走り去ると、伝次郎は足を急がせて茅場町の大番屋へ向かった。

# 第五章　待ち伏せ

## 一

「ひととおりできたので、あとはこれを元に描いていくだけです。どうだね浅吉さん、似ているかね」

伝次郎が大番屋に戻ると、桂川志峰は浅吉から聞き取った賊の人相書の似面絵(にづらえ)を描き終えていた。

浅吉は見せられた絵をしげしげと眺めて、大まかに似ていると言った。似面絵の横には、それぞれの体と顔の特徴と年恰好が書き込まれていた。伝次郎も一枚一枚に目を通し、

「志峰殿、これをそれぞれ十枚描いてくれ。終わったら摺り増しを頼む」

「いかほど摺ります？」

「さしずめ十枚ずつでいいだろう」

「版木ができればいくらでも摺れますんでお安い御用です。それにしてもちょいと疲れましたな」

志峰は肩をたたいて茶に口をつけた。

「浅吉、いっしょに押上村へ行く。案内を頼む」

伝次郎が言うと、浅吉はぎょっとした顔になった。

「案ずるな。何があってもおまえの身は守る」

「それじゃ、わたしも……」

おけいはそう言って腰を浮かしたが、

「おけいはここで待て。女がいっしょだと、いざというときに面倒になる」

と、伝次郎は遮った。

「でも……」

「連れてはいけぬ。ここで待つんだ。浅吉、まいるぞ」

伝次郎にうながされた浅吉は、おけいと一度顔を見合わせて立ちあがった。それは与茂七や粂吉、久蔵たちも同じだ。伝次郎は日の光をやけに眩しく感じた。昨夜ろくに寝ていないからだ。

伝次郎におとなしくついてくる浅吉は、頬っ被りをしている。着物も尻端折りし股引というなりだ。だが、愚痴はこぼせない。賊が出会ってもすぐには判別できないだろう。

霊岸橋の袂に与茂七がすでに猪牙舟をつけていた。棹をつかんで艫に立ち欠伸を噛み殺していた。

「出してくれ」

浅吉を舟に乗せると、伝次郎は与茂七に指図した。猪牙舟はそのまま箱崎川から大川に出た。満潮らしく流れはゆるやかだ。

「与茂七、そのまま川を上れ。行き先はわかっているな」

「はい。業平橋ですね。旦那、少し寝たらどうです」

気を使う与茂七は棹を舟のなかに入れ、櫓に切り替えた。ぎっしぎっしと櫓が動くたびに音がする。舳先が波を切る静かな音もする。

「昨夜は眠れたか？」

伝次郎は浅吉に問うた。あまり眠れなかったと、浅吉は神妙な顔で言う。不安で眠れないのはしかたないだろう。

伝次郎は、「親のことは心配いらぬ。見張りをつけているし、ことが起きれば自身番に詰めている者たちも助をすることになっている」と話した。

「信濃屋さんは大丈夫でしょうか？」

「店には奉公人や女中もいる。昼間は客の出入りもある。そんなところに賊が押し込むとは思えぬ。それに賊の狙いはおまえと、おまえの親とおけいだ。そうだったな」

「はい」

「惣五郎という男はどんな男だ？」

聞かれた浅吉は、思い返すような顔をして答えた。惣五郎は一見人品のよさそうな人物で、話し方も穏やかだった。初めて会ったときは、口の端に小さな笑みを浮かべてやさしい話し方をした。しかし、何もかも自分のことを調べていたのには驚いた。そして、神楽坂下の染物屋・伊勢屋に押し入る前には、しっかり脅しをかけられた。そのときは普段の口調ではなく、鋭い目でにらまれ恐怖を感じたと言った。

「侍言葉を使うのだな」

「そうです」

「片山源兵衛という用心棒はどうだ？」

「暗い翳を感じさせる人で、あまりしゃべらないので不気味でした」

伝次郎は先ほど見た似面絵を思い出した。

「美濃屋徳蔵は惣五郎から、若くて元気があって身許のしっかりした者を世話してくれと頼まれている。おまえもなかなかよい体つきだが、辰吉と新助はどうだ？」

「辰吉さんは元大工というだけあってがっちりした体をしています。いかにも腕っ節がありそうです。新助さんも太ってても痩せてもいない、いい体をしています」

「新助は蠟問屋の奉公人だったのだな」

「わたしと同じで、店が火事で焼けて暇を出されたんです。それで美濃屋を頼って惣五郎さんの世話になったんですが……」

「辰吉も火事で仕事をなくしたのか」

「棟梁の家が焼けたので、仕事にあぶれたようなことを言っていました」

「おけいはおまえの許嫁らしいが、いまもいっしょになる気持ちに変わりはないのだな」

浅吉は短くうつむいてから顔をあげた。

「わたしは盗人の手伝いをしてしまいました。それに伊勢屋では……」

浅吉はそう言って泣きそうな顔になった。

体は立派だが、気のやさしい男なのだ。そんな男が、自らの意思でなく殺しの場に立ち合ったのは不憫(ふびん)である。後悔してもしきれないという思いが、伝次郎によく伝わってきた。

与茂七の漕ぐ猪牙舟は、坂道をあえぎあえぎ歩く牛のような速度で川を上っていた。

空には雲が多く、大川の水面が明るくなったり暗くなったりを繰り返した。

業平橋に到着すると、浅吉の顔がにわかに緊張した。

「しっかり頬っ被りを……」

伝次郎は浅吉の手拭いが外れないように結び直してやった。すみませんと浅吉は頭を下げる。

「心配はいらぬ。与茂七もいるし、おれがついている。さあ、案内しろ」

浅吉はゆっくり歩いた。伝次郎と与茂七に挟まれるような恰好だ。

賊の隠れ家は業平橋から東へ二町ほど行ったところにあった。北十間川の外れにある〆切土手の近くだ。

伝次郎はしばらく隠れ家を見張るように観察した。古い百姓家で、青木と柘植の垣根がめぐらしてあるが、手入れはされていない。家の雨戸も戸口も閉まったままだ。

小半刻ほど様子を見たが、人の気配がないので、伝次郎は庭に入った。左に納屋があり、右奥には楠（くすのき）と樫（かし）の木が空に伸び、その根方あたりは荒れ放題の藪（やぶ）になっていた。

戸口に立った伝次郎は家のなかに耳をすましたが、やはり人の声も気配もない。そのまま戸を引くと、あっさり開いた。土間が奥の台所に繋がっており、右の座敷にも人はいなかった。ただ、台所の流しに使われた茶碗や皿などが積まれていた。

「浅吉、この家に間違いないか？」

「間違いありません」

「おまえはどこにいた？」

「その座敷の奥です」

伝次郎は土足のまま板座敷から奥の間に行った。がらんとしている。次の間との境にある襖を開けたとき、浅吉が「あ」と小さな声を漏らした。

伝次郎が振り返ると、浅吉は部屋の隅に置かれた箱を指さしていた。

「これは伊勢屋でわたしが運ばされた箱です。店の帳場にあったものです」

その箱は檜製でさほど大きな物ではなかった。蓋についていた錠前が壊されていた。

「金箱か……。浅吉、証拠の品だ。運んでくれ」

「またこれを……」

浅吉は躊躇った。

「今度は盗みではない。心配いらぬ」

伝次郎がそう言ったとき、与茂七が隣の部屋から風呂敷包みを持ってきた。こんなものがありましたと言う。

「あ、それはわたしの着替えの着物です」

浅吉が答えて、風呂敷包みを受け取った。

その後、他の部屋を見てまわったが、気になるものはなかった。

「賊はおまえが逃げたことで他に移ったのだ。行き先に心あたりはないか？」

浅吉は何もないと首を振った。

「ひとまず引きあげるか」

二

「どうするんです？　ここにいつまでいたってしようがないでしょう」

ふくれ面をするのはおりきだった。

「言われずともわかっておる。されど、このまま引き下がるわけにはいかぬ」

惣五郎は煙草を吸い終え、煙管を火の入っていない火鉢の縁に打ちつけた。

このまま浅吉を野放しにしておいてはしめしがつかない。逃げても無難に暮らせると思われては、辰吉や新助、それから浜田正三郎も裏切るかもしれない。もっとも三人とも盗みをし、殺しもやっている。

浜田正三郎は殺しはやっていないが、捕まれば同罪だ。教えるまでもなくわかっているだろうから、裏切って逃げたとしても自分たちのことは黙っているだろう。だからといってこのまま泣き寝入りみたいに浅吉を放ってはおけない。

「惣五郎さん、つぎの〝仕事〟をしなきゃ、あいつらにただ飯を食わせているようなもんですぜ」

利助が声を抑えながら、壁で遮られている隣の座敷のほうに顔を向けた。そちらの座敷には浜田正三郎と辰吉と新助がいた。

惣五郎は冷めた目で利助を眺める。言いたいことはわかっている。口入屋・美濃屋の仲介で雇った三人には、日に二分の手当を出すと約束している。何もしなければ、その分の金が出て行くことになる。

「利助、騒ぐようなことを言うでない。考えていることはあるのだ」

惣五郎は窘めてから冷めた茶に口をつけた。

「わたしゃ、もういやだよ。こんな汚い家」

おりきは膝を崩してため息をつき、恨めしそうな目を惣五郎に向けた。

「だってさ、もう稼ぎはあるじゃない。そろそろ潮時(しおどき)じゃないの。さっさと江戸を離れて楽に暮らしたいじゃないのさ」

「そうしたいところだが、まだ稼ぎは十分ではない。在に行っても金はかかる。稼げるだけ稼ぐ。江戸を離れるのはそれからだ」

惣五郎はつぎに狙う店を決めていた。今度は大きな稼ぎに出る企みがあった。浅草並木町の高利貸・越前屋太兵衛の店だ。以前は大名や旗本にも金を貸していた店だが、いまは夫婦二人だけで細々とやっている。それでも十分な蓄えがあるのは調べずみだった。

昼間は通いの女と下男がいるが、店が終われば老夫婦二人だけだ。推量ではあるが、五百両は下らない金が蔵にあるはずだった。

これまではさほど大きくない人目につかない店ばかりを狙ってきた。それはそれでなかなかよい考えだった。

しかし、稼ぎは少ない。考えを変えたのは蔵前の札差・備前屋を襲ったあとだ。やはり、あるところにはあるというのがよくわかった。

こそ泥めいた稼ぎはもうやめにして、大きな賭けに出ようと肚を決めていた。それが、高利貸の越前屋太兵衛だ。夫婦二人暮らしというのも恰好の狙い目である。

戸口の戸ががたぴし鳴って、外光が土間に差し込んできた。

「源兵衛さんのお帰りですぜ」

利助が言った。

浅吉を捜しに行っていた片山源兵衛が戻ってきたのだ。居間先にやってくると、深編笠(ふかあみがさ)を脱いで浮かぬ顔を惣五郎に向けて首を振った。

「見つからぬか……」

「家には姿が見えぬ。許嫁の家も同じだ」

源兵衛はそう言って居間にあがってきた。おりきが気を利かして茶を淹れにかかる。

「家には戻っていないのかもしれぬ。だが、妙な男たちの動きがある」

「妙な男たち……」

惣五郎は肉づきのよい源兵衛の顔を見る。

「町方かもしれぬ。そうでなければ町方の手先……はっきりはわからぬが……」

「どういうことだ?」

「浅吉の実家だ。やつの親は家にいるが、妙な気配がある」

惣五郎は源兵衛を凝視した。剣術と同じように勘の鋭い男だ。

「それに、浅吉の親は仕事をしている最中に始終、表に目を向けやがる。それも何かを警戒している目つきだ。無闇に手出しはできぬ」

惣五郎はうなるような声を漏らして、左手で顎を撫でた。

「もう浅吉の親なんていいではありませんか。やることやって、さっさと江戸を離れるのがいいと思いますけどね。それにさ、茶碗も掛け軸も金にならない偽物で二束三文で使いの駄賃にもならなかった。脇差はどうかわからないけど」

おりきはそう言って、源兵衛が帯に差している脇差を眺めた。どうしても源兵衛がほしいというので惣五郎が与えたのだった。

「おりき、道具屋に騙されたんじゃないだろうな。本物なのに贋作だという道具屋がいると聞いたことがある」

利助が疑い深い目でおりきを見た。

「なんだい、わたしが誤魔化されたって言うのかい。そりゃあわたしゃ目利きじゃないさ。道具屋の言うことを信じるしかないじゃない。そんなこと言うんだったら、自分で行けばよかったんだ。ふん、なにさ」

おりきは口をとがらせ、そっぽを向いた。

「まあまあ、やめぬか。骨董のことはどうでもよい。気になるのは源兵衛の言ったことだ」

惣五郎は窘めてから腕を組んだ。

ここで、あきらめて江戸を去る気にはならない。越前屋太兵衛の金蔵にはこれまでにないほどの金がうなっているはずだ。

「浅吉は一度は家に戻ったはずだ。どこにいるかわからぬが、それを知るにはどうしたらよい」

惣五郎はみんなの顔を眺めた。

「そりゃあ、浅吉の親に聞くしかないのではありませんか。脅しをかけりゃ行き先ぐらいわかるでしょう」

利助の言葉に惣五郎は、そうしようかと思った。

「町方が動いていたら面倒だ。ほんとうに動いているかどうか、まずはそれをたしかめる。それから浅吉を捕まえる。利助、おりき」

呼ばれた二人が顔を向けてきた。

「おまえたちの出番だ」

三

日は西にまわりはじめていた。薄曇りの空からときどき日が差してきたが、それも長くつづかなかった。

自身番の戸口にあらわれた野良猫が大きな欠伸をして、のそのそとどこかへ歩き去った。伝次郎は上がり框に腰を下ろしたまま、できあがった人相書を眺めていた。そのなかの三人の身許ははっきりしている。

辰吉と新助、そして御徒組同心の倅で部屋住みの浜田正三郎だ。

辰吉と新助の実家へ自身番詰めの番太と番人がたしかめに行ったが、案の定、この一月以上家に戻っていないということがわかっていた。

浜田正三郎の実家へは与茂七が調べに行っているが、まだ戻ってはいなかった。できあがった人相書から顔をあげた伝次郎は、表に目を向けた。戸口の前を町の者たちが行き交っている。川岸の蔵から隣の商家へ荷物を運んでいる奉公人たちもいた。

（遅いな……）

伝次郎は久蔵を待っているのだが、なかなか戻ってこない。

「お茶を淹れますか？」

書役が気を使ってくれたが、伝次郎はもういいと言って表に出てみた。小網町の通りに変わった様子はない。信濃屋も普段と変わらず商いにいそしんでいる。

久蔵と小者の八兵衛は深川の道具屋への聞き込みを行っている。

（おれも手伝いに行ったほうがよいか……）

そんなことを考えながら自身番のなかに戻った。文机の前に座っている書役の背後で、貫太郎が寝そべって軽い鼾をかいていた。

それから小半刻もせずに与茂七が戻ってきた。

「どうであった？」

「はい。浜田正三郎の実家はたしかに御徒組の大縄地（おおなわち）にありました。美濃屋の帳面にあったように下谷七軒町の拝領屋敷です。近所のご新造（しんぞう）に訊ねますと、ここ十日ほど顔を見ていないと言いますから、浜田正三郎が惣五郎の仕事を受けたのと時期は合うはずです」

「実家には戻っていないのだな」

「その様子はないようです」

「ご苦労だった。そろそろ貫太郎を起こして、代わりに休め」

「もう眠気はなくなりました」

与茂七はそう言いながら座敷にあがって、貫太郎の肩を揺すって起こした。そのとき、松田久蔵が八兵衛といっしょに自身番に戻ってきた。

伝次郎を見るなり、

「東両国の道具屋に来た女がいた」

と、言った。伝次郎は目を光らせた。

「その女は黒楽茶碗と、掛け軸を有名な絵描きのものだと言って持ち込んだそうだが、二つとも贋作だったらしい。女はあきれ顔をしたが、二つ合わせて五百文を持って帰ったそうだ」

「もしや、女というのはこれでは……」

伝次郎は人相書を久蔵にわたした。

「できたか。ほう、この女だったかもしれぬ。道具屋は小柄で肉づきのよい二十三、四に見える色っぽい女だと言った」

久蔵はおりきの人相書をしげしげと眺め、

「しかし、その女はお松と名乗っていた。道具屋は金と引き換えにお松の居所を書き留めていたので、たしかめに行ったが出鱈目だった。お松というのも偽の名だろう」

と言って、他の人相書にも目をとおした。

伝次郎はそう応じたあとで、押上村へ行ってきたことを話した。

「東両国の道具屋にあらわれたというのであれば、賊はまだ市中にいると考えてよいですね」

「賊がいたのはたしかです。そこにある金箱は押上村の隠れ家にあったもので、神楽坂下の伊勢屋から盗まれたものです」

「浅吉にたしかめさせたのだな」

「さようです。浅吉はその金箱を伊勢屋で持たされ、押上村の隠れ家に運んでいます」

「それで、賊はどこに……」

「わかりません」

「ふむ。おそらく東両国に来た女は、おりきと考えてよいだろう。そのとき、女は紫頭巾を被っていた。納戸色の鮫小紋に黒繻子の帯だったらしい。着物はそう着替えたりはしないだろうから、目印になるはずだ」

伝次郎はその着物のことを頭に刻みつけた。

「問題はいま賊がどこに隠れているか……」

久蔵は雲の隙間から差し込んできた光の条に目を細めた。その横顔には疲れがにじんでいた。

「浅吉に逃げられた賊は慌てているでしょうし、警戒を強めているはずです」

久蔵が顔を向けてきた。伝次郎はつづけた。

「浅吉を狙うか、それとも捕縛を怖れて逃げるか。賊の取る手は二つにひとつかもしれません」

「もう押し込みはやらぬと考えるか……」

「それはわかりません。いかがいたします。あと一刻もせず日が暮れますが……」

「見張りを解くわけにはいかぬ。浅吉の家はいま誰が見張っている」

「粂吉です」

「やつも疲れているであろう」

久蔵が粂吉を思いやったとき、伝次郎ははたと気づくことがあった。

「賊は着替えをしていないかもしれません。つまり、同じ着物を着ているのではないでしょうか……」

伝次郎の言葉に、久蔵ははっと目をみはった。

「うむ、たしかに……」

「見張りの件、松田さんにおまかせいたしました。わたしは浅吉に会ってきます。それから松田さん、羽織は脱いだほうがよいでしょう。わたしも浪人の風体になります」

「いかさま。承知した」

伝次郎は「では」と言って立ちあがった。

# 四

大番屋へ向かう伝次郎のあとを与茂七が追ってきた。

「旦那、おれも着替えに戻りますからいっしょに」

与茂七が横に並んで言った。

「眠りが足りないのではないか」

「それは旦那のほうではありませんか」

言葉を返されたが、伝次郎は黙って歩いた。頭のなかにはいろんなことが渦巻いていた。賊のことはもとより、みんなの体調である。昨日から探索にあたる者たちは眠りが足りないままだ。どこかで休養を取らせなければならない。

それから、千草には何も伝えていない。少しは安心させてやる必要もある。伝次郎の役目のことはよく承知しているだろうが、心配しているはずだ。

そして、これから会う浅吉のことをどうするかだ。いつまでも大番屋に留め置くわけにはいかない。かといって安直に牢送りにもできない。浅吉は大事な証人であり、唯一賊を知っている男だ。

江戸橋をわたり楓川沿いの河岸道に出るとすぐ海賊橋をわたって南茅場町に入った。大番屋はすぐだ。

伝次郎は玄関を入ると、番人に浅吉を呼んでくるように指図し、土間横の控え部屋に入った。大番屋は被疑者を一時的に拘留し下吟味をする場で、「詰小屋」と呼ばれることもある。

「おけいは？」

与茂七がぽつんとつぶやいた。伝次郎は次之間に目を向け、おけいの名を呼んだ。板襖がすぐに開き、おけいが姿をあらわした。両手をついて辞儀をしたが、さすがに憔悴の色は隠せない。

「浅吉に話を聞く。そばにいたければいてもよい」

伝次郎が言うと、おけいは部屋の隅に腰を下ろした。おけいは罪人ではない。身柄を守るために留めているだけだ。だが、強制ではないので家に帰るのは自由だ。しかし、おけいは浅吉のことが心配だから留まっていた。

浅吉が番人に連れてこられると、浮かぬ顔で伝次郎と与茂七に頭を下げ、おけいと目を見交わした。

「おまえのおかげで賊の尻尾をつかめそうなところまで来た。人相書は大いに役立つはずだ。それでひとつ聞きたい」

浅吉は疲れ切った顔を伝次郎に向ける。その顔に覇気はなく、目が赤いのは寝不足のせいだろう。

「おりきという女が、盗んだ茶碗と掛け軸を道具屋に持ち込んだようだ。もっとも、お松と騙っていたらしいが、おりきがどんな着物を着ていたか覚えているか？」

浅吉は短く視線を彷徨わせたあとで答えた。

「鮫小紋の小袖でした」

「色は？」

「納戸色だったはずです」

やはり、お松という女は、おりきだったのだ。

「それで他のやつらの着ていた着物だが、覚えているか？」

浅吉が覚えていると答えると、伝次郎は与茂七を見て顎を引いた。以心伝心か、与茂七は急いで矢立と半紙を懐から出した。

「惣五郎から順に教えてくれるか」

浅吉は目を何度かしばたたいてから話していった。

惣五郎は路考茶の着物に茶の羽織、茶献上の帯。片山源兵衛は青い桟留縞の着物に紺色の袴で羽織はつけないらしい。利助は縦縞木綿の着流しに股引。辰吉は黒い棒縞の小袖。新助は茶色の米絣の小袖。

「着替えを持っているようだったか？」

「持っていないと思います」

浅吉は少し首をかしげて答えた。

「与茂七、いまのこと松田さんに伝えに行くんだ」

伝次郎が指図したとき、あの、と浅吉が言った。何だと問えば、いつまでここにいなければならないのかと聞く。

「身の安全がたしかになるまでだ」

「そのとき、わたしは牢送りになるのですね」

「…………」

伝次郎は暗澹たる顔の浅吉を見つめた。すると、浅吉は膝を動かしておけいに体を向けた。

「おけいちゃん、わたしはもうだめだ。おけいちゃんとひとつ屋根の下に住めると考えていたけど、わたしは罪人になってしまった」

「何を言っているの。まだ、そうだと決まったわけではないでしょう。ねえ、そうですよね、沢村様」

おけいは必死の目を伝次郎に向けた。伝次郎は黙っていた。

「そんな気などなかったけど、わたしは盗人の手伝いをした。そして、人殺しの手伝いをするようなことになった。悔やんでも後戻りなどできない。そもそも……」

「なに……」

おけいはまばたきもせずに浅吉を見つめる。

「わたしはしがない錺職人の倅だ。そんな男が、大店の信濃屋さんの娘を嫁にすることが無理なんだ。どう考えても釣り合いが取れない。おまけにわたしは罪人になった。そんな男が立派なお店の娘さんを嫁にすることなんかできない。おけいちゃんにはもっとふさわしい人がいるはずだ。もう無理に付き合ってくれることなどないよ。これきりでわたしのことは忘れてほしい」

「何を言っているの、浅吉さん。うちのおとっつぁんもおっかさんも、浅吉さんの人柄を気に入ってくれているのよ。あんなに生真面目で心根(こころね)の曲がっていない男はいない。きっと、おまえを幸せにしてくれると、言ってくれているのよ」

「でも、こうなったいまとなっては……」

「まだ、罪人になったわけではないでしょう。そう決まったわけではないでしょう。違いますか、沢村様」

おけいは目に涙を浮かべて伝次郎を見た。

「浅吉に罪がないとは言えぬ」

おけいははっと息を呑んだ。

「旦那……」

与茂七が顔を向けてきた。だが、伝次郎は無視して言った。

「おけい、いかがする？　このままここに置くわけにはいかぬ。しばらく親戚か知り合いの家に身を寄せるか、考えたほうがよい」

「そんな……」

「ここは罪の疑いのある者を留め置き、調べをする番屋だ。何の咎もない女を長く置いておくわけにはいかんのだ。もうすぐ日が暮れる。日の暮れ前に自分のことを考えてくれ。その旨をあとでそなたの親に話しておく」

「それまでここにいてもいいのですね」

「日が暮れるまでだ」

伝次郎は番人を呼び、浅吉を仮牢に戻すよう指図して立ちあがった。

五

夕暮れの空が赤みを差していた。通りを行き交う人の数が増えているのは、仕事を終え家路につく者や、夕餉の支度をするために使いに出された子供や町屋の女房たちがいるからだった。

商家はその日の店仕舞いをはじめた頃で、店の前では呼び込みの声をあげる奉公人たちがいる。

惣五郎と利助、そしておりきは小網町の通りを離れて歩いていた。惣五郎は深編笠で、利助は頰っ被り。そして、おりきは紫の御高祖頭巾で顔を隠していた。それでも両目は信濃屋の店先や暖簾の奥に注がれる。

惣五郎は浅吉の実家をのぞいてきたところだった。父親が開け放した戸の奥で鏨を用いて一心に仕事をしていた。浅吉の姿はなかった。様子を窺うかぎり、浅吉のことを心配しているふうでもなく、源兵衛が危惧したように表に目を配っているようでもなかった。また、近所の家や商家にも注意の目を向けたが、町方の手先と思われるような怪しげな男も見なかった。

しかし、惣五郎は不審に思われないように家の前を通り過ぎただけなので、十分な観察はできなかった。

(源兵衛め、気を怯ませでもしたか……)

惣五郎は信濃屋を過ぎた先で足を止めた。浅吉におけいという許嫁がいることは調べずみではあったが、その顔はわからない。信濃屋には女中が何人かいるらしいが、店先に女の姿はなかった。

二人の侍が前からやって来たので、惣五郎は道の端に避けてやり過ごした。身なりからして勤番だとわかった。これから飲みにでも行く風情だ。

惣五郎は思案橋をわたり、東堀留川に架かる親父橋のそばにある縄暖簾に入った。窓際の隅に腰を下ろし、おりきと利助を待つ間に、酒と肴に煮物を注文する。客は五分の入りで、みんなひそひそとしゃべりながら酒を飲んでいた。連子窓の外を町の者たちが行き交っている。対岸の河岸では荷揚げをしている人足の姿があった。

酒と肴が届けられると、惣五郎は手酌で酒を飲んだ。

(こんなはずではなかった)

貞市に逃げられたとき、このままではしめしがつかぬと考え、捜し出して大川に沈めた。そのことで辰吉と新助はふるえあがり、自分の言いなりになった。浅吉も貞市のことは耳にしていたので逃げるとは思わなかった。

(あまかったか……)

苦々しい顔で表を眺める。こんな身過ぎをするようになるとは思いもしなかったが、背に腹は代えられない。そもそもあの女が悪いのだ。

惣五郎は久美の顔を思い浮かべた。主君・佐々木孫太夫の妻だった。言い寄られたのでその気になって相手をしたが、孫太夫の知るところとなった。不義密通は死罪だ。逐電するしかなかった。

孫太夫が采地にていかほどの悪徳なことをやっていたか、それを盾に対抗することも考えたが、相手は藩重臣らを牛耳っている男。証拠などわけもなくひねり潰しただろう。

孫太夫はおのれの手を汚さず、言いなりになる家来を使って百姓や商人から金や米を騙し取っていた。采地は藩の目が届かぬ場所にある。盾突いたり藩に訴えようとする危ない者は闇に葬った。私腹を肥やすためなら、人の命など気にもかけない残忍な家老だった。

そして、惣五郎は江戸に来て孫太夫のやり方を真似た。危ない綱渡りになることはわかっていたが、これまではうまくいった。あとひと仕事して稼いだら江戸を離れるだけだ。

だが、その前に浅吉を捕まえなければならない。もし、浅吉が町奉行所に密告しているなら、つぎに狙っている浅草並木町の高利貸・越前屋はあきらめるしかない。

しかしながら、越前屋の蔵には金がうなっている。そのことはわかっている。いかなる手を使ってでも越前屋はあきらめたくない。

半合の酒を飲んだとき、利助がやって来た。黙って惣五郎の前に座る。

「どうであった?」

「わかりやせん。浅吉の親は普段と同じように暮らしているとしか見えませんがね」

女中が来たので、惣五郎は口をつぐんで、酒を注文した。

「すると浅吉は家に戻っていないということか……」

惣五郎は女中が去ったあとで口を開いた。

「戻ってりゃ何もかもしゃべってるはずです。それなのに親父の野郎は何食わぬ顔で仕事に精を出してます」

「すると、浅吉は家に寄りつかぬまま行方をくらましたということか……」

「あっしはそう思います。あいつは気の小せえ野郎です。伊勢屋でも小便ちびりそうな顔をしていましたからね」

酒が運ばれてきたので、惣五郎は利助に酌をしてやった。

「すぐに決めつけることはない。もう少し様子を見よう」

惣五郎は慎重になっていた。そこへおりきがやって来て、御高祖頭巾を脱いで、

くたびれちまったと愚痴をこぼし、

「信濃屋の女中にそれとなく聞いたんだけど、おけいって娘は昨日から顔を見ていないと言ったわよ。いっしょに駆け落ちでもしたんじゃないかしら」

と言って、勝手に盃を取って酌をした。

惣五郎はきらっと目を光らせた。

「昨日から……ほんとうか……」

「嘘じゃないわよ。女中がそう言うんだから。ねえ、もう浅吉なんかどうでもいいじゃない。しめしがつかないと言うけど、辰吉たちには、逃げたので始末したと言っておけばいいのよ。あの男たちにはわかりっこないんだから」

惣五郎は首を振った。

「浅吉は越前屋のことは知らないのよ」

惣五郎はきらっと目を光らせておりきを見た。つぎに狙っている越前屋のことはおりきも利助も知っている。そして、おりきの心は越前屋の金に向いている。

「わからぬ。やつはおれたちの話を聞いているかもしれぬ。もし、そうなら越前屋には近づけない」

「浅吉は密告なんかしやしないわよ。そんなことしたら自分の首だって危ないんだから。そうでしょう」

おりきは黒目がちの目を向けてくる。

たしかにそのことも惣五郎は考えたが、できるなら浅吉を捕まえて話を聞きたい。そうでなければどうにも安心できない。

店はいつの間にか七分の入りとなっており、わいわいがやがやと人の話し声や笑い声が交錯していた。

「もう一度様子を見ようではないか。浅吉を見つけたら逃がすんじゃない」

惣五郎は酒をあおって窓の外を見た。もう暗くなっていた。

六

川口町の自宅に帰った伝次郎と与茂七は着替えを終えると一度、千草の店に顔を出した。店にあらわれた二人を見た千草は、もう役目は片付いたのかと、期待の色を目に浮かべたが、まだだという伝次郎の言葉を受けると、砂浜の波が引くように笑みを消した。

「手こずってはいるが、此度は松田さんもいっしょなので心強い。無用な心配はいらぬ」

「ご苦労様です。それでまた出かけるのですね」

「うむ。今夜も帰れぬかもしれぬ」

「それはまた大変な。何か食べていきますか？」

千草は気を使った。

「そうしたいところだが、すぐに戻らなければならぬ」

残念そうな顔をした千草は、店の表へ出て、

「お気をつけください」

と、伝次郎と与茂七を見送った。

「おかみさん、ずいぶん心配そうな顔をしていましたね」

与茂七が並んで言う。伝次郎は言葉を返さなかった。千草に心配をかけるのは、役目柄しかたのないことだ。そのことを千草が理解しているのはわかっている。だから心の底で「すまぬ」と謝るしかない。伝次郎はこれがおのれに与えられた

宿命だと、この頃思うのだった。

「番屋に松田さんがいるはずだ。おまえは指図を受けろ。おれは信濃屋に行ってくる」

伝次郎は与茂七を自身番に向かわせると、そのまま信濃屋を訪ねた。

すでに大戸は閉められ、店は夜の闇にひっそり沈んでいた。

「おそらくこの店に賊が入ることはないだろう。万が一、さようなことがあったとしても、この界隈には見張りをつけているので、余計な心配はいらぬ。それより、おけいを親戚の家でも知り合いの家でもよいが、しばらく預かってもらえるようにしてくれぬか」

伝次郎は応対に出てきた主の長兵衛に告げると、

「わたしらも考えておりまして、しばらく番頭の家に泊めることにしました。おけいも素直に聞いてくれ、先ほど移りました」

と、答えた。家のなかは静かで、奥の間に住み込みの小僧の姿があった。

「番頭の家はどこだ?」

「元大坂町(もとおおさかちょう)にあります。番頭の家なら心配ないと思いますので……」

「安全ならよいだろう」

「それで、浅吉はどうなるのです？」

長兵衛はしげしげと伝次郎を見る。

「しばらく大番屋からは出られぬ。いずれにしろ調べ次第だ」

「おけいは浅吉に罪はないと言っています。咎人になるのは理不尽だと」

「庇(かば)いたい気持ちはわかるが、やつが賊の仲間になったのはたしかなので、よくよく詮議しなければならぬ」

「さようですか……」

長兵衛はため息をついて肩を落とした。浅吉のことを心配するのは、それだけ信用しているからだろう。

伝次郎は、くれぐれもしっかり戸締まりをするように忠告して信濃屋を出た。

夜の町屋は闇に包まれていた。星あかりを受けた通りが白く浮かんでいた。夜商いをやっている小料理屋や居酒屋のあかりがその通りに縞目を作っていた。

着流しに両刀を差しただけの伝次郎は、一見浪人の風体である。自身番に向かう道すがら闇の奥や、暗い路地に目を向けたが不審な動きはなかった。

自身番に入ると、書役に久蔵の居場所を教えられた。浅吉の実家である甲兵衛店の向かいにある水油(みずあぶら)仲買の梅屋五兵衛(うめやごへえ)宅で見張りをしているということだった。

伝次郎が見張場に行くと、音もなく戸が開けられた。八兵衛が顔をのぞかせ、みんないると言う。

伝次郎は後ろ手で戸を閉めた。そばに見張りについている八兵衛と粂吉がいて、他の者は狭い座敷で仮眠を取っていた。与茂七もすでに横になっている。

「どうだ？」

声をひそめて八兵衛に問うと、粂吉が答えた。

「気になる侍が何度か通りました」

「どんなやつだ？」

「浪人の風体で深編笠を被っていました。着物は暗いのでよくわからなかったんですが、身なりは悪くなかったと思います」

「背恰好は？」

「人相書の惣五郎に似ているような気がするんですが……」

よくはわからないと粂吉は首を振る。

「少しは寝たか？」

「はい。もう眠気はないです。それよりこれを……」

条吉はこの家のおかみからの差し入れだというにぎり飯を差し出した。八兵衛が淹れてくれた茶で伝次郎はにぎり飯を頬張った。

久蔵は障子のそばで軽い鼾（いびき）をかいていた。与茂七の隣には、丸太のような体をした貫太郎が寝ていた。

昨夜はほとんど寝ていないので、疲れがたまっているのはわかる。伝次郎もにぎり飯を食ったせいか、急な睡魔に襲われ欠伸を堪（こら）えきれなかった。

「旦那、少しお休みになってください。見張りはあっしらがやりますから」

条吉に言われた伝次郎は、少しだけ休むことにした。

横になってもすぐには眠れなかったが、信濃屋は自身番の近くでもあるし、住み込みの奉公人たちもいるので必要以上の心配はいらないだろうと思い目を閉じた。

それからいかほど眠ったかわからないが、八兵衛や条吉の囁き声で目を覚ました。すでに久蔵も起きており、戸障子に目をつけていた。小さく開けた窓から外を見ていた条吉が起きたばかりの伝次郎を見て、緊迫した目を向けてきた。

「利助かもしれません」

声も緊迫していた。伝次郎はさっと跳ね起きて、そばへ行った。窓に目をつける
が、暗い路地に人影はなかった。

「八兵衛、粂吉。これへ」

戸口にいた久蔵が二人を呼んだ。

「利助かもしれぬ。後を尾けるんだ」

八兵衛と粂吉が慎重に戸を開け、表をよく観察して出て行った。

「利助だったのですか？」

伝次郎は久蔵に問うた。

「はっきりはわからぬが、そうかもしれぬ。日の暮れ前にも同じようなやつを近く
で見たのだ」

伝次郎は口を引き結んで、もう一度表を見た。暗い路地に人の影はなかった。向
かい側にある浅吉の家の戸はしっかり閉じてあり、あかりも漏れていなかった。

「浅吉の家には長屋の路地に面した勝手口がありますが、そっちはどうなっていま
す？」

「与茂七が見に行っている」

そういえば与茂七の姿がなかった。

七

惣五郎は永代橋の東詰の近くに立っていた。すぐそばにある自身番の灯りが道に漏れているだけだ。そこは佐賀町(さがちょう)の自身番で、火の見櫓が黒い闇のなかに漆黒(しっこく)の影を作っていた。

夜風が冷たくなっており、川の臭いが鼻をついた。星は散らばっているが闇は濃い。商家の軒下の暗がりに立って間もないが、利助とおりきが遅いと思った。

浅吉の家の様子を見たら、すぐここに来るはずだが、

(念入りに探っているのか……)

と、人影のない永代橋を眺めた。

犬の遠吠えが聞こえてきて、町の裏のほうから酔客の高笑いが何度か聞こえた。

橋に人影が見えた。惣五郎は目を凝らした。利助のようだ。その姿がだんだん大

きくなる。頬っ被りをして着物を尻からげしている。ひょこひょこした歩き方は利助だった。だが、おりきの姿が見えない。

(あの女、何をしているのだ)

内心でぼやいた。

橋をわたった利助が立ち止まってあたりを眺めた。惣五郎が暗がりからゆっくり出て行くと、ここでしたかといって近寄ってきた。

「おりきはいかがした」

「三人だと目立つんで新大橋を使って帰ると言うんです。まあ、人気のない道を三人で歩けば目立ちますんで、それもそうだと思いました」

「あの女にしては小賢(こざか)しいことを考える。さ、戻ろう」

「浅吉のことはついにわかりませんでしたね。どうするんです?」

利助が片膝をつき、ぶら提灯に火を点しながら聞いた。

「明日も探ってみたい。それで浅吉が家に戻っていないようなら、手はずを整えて越前屋を襲い、その足で江戸を去る」

「もうあっしはその気です」

利助が立ちあがったので、惣五郎は歩き出した。傍目にはどこかの旗本が下男を連れて歩いているように見えるはずだ。

しばらく行ったところで背後を振り返ると、永代橋をわたってくる影があった。男二人だ。惣五郎は気にせずに歩いたが、すぐに振り返った。

（おかしい）

こんな夜に提灯も持たずに歩いているのだ。そんな者もいるが、惣五郎は警戒心をはたらかせた。

「利助、永代橋をわたってくる影がある。二人だ」

「へっ……」

利助が振り返った。二人の影は橋をわたりきったところだった。

「まさか尾けられてはいまいな」

「そんなことはないはずです。近所の町人でしょう」

利助は惣五郎の足許を照らしながら歩く。

町木戸の閉まる夜四つ（午後十時）は過ぎているので、人通りは極端に少ない。ぽつぽつと町屋に灯りはあるが、どれも夜商いの店か自身番の灯りである。

小名木川に架かる万年橋をわたり御籾蔵のそばまでやって来た。おりきが使うと言った新大橋が、大川の西側にある大名屋敷地に架かっている。

惣五郎は橋を眺めたが、おりきの姿どころか人の影もなかった。

「もう遅い。先に帰っているのだろう」

惣五郎はそのまま足を進めたが、提灯も持たずに永代橋をわたってきた二人の男のことが気になった。川沿いの道に人の姿はなかった。顔を前に戻そうとしたとき、黒い影が大名屋敷の角からあらわれた。ひとりだ。

さっきの二人組ではないと思い、惣五郎はそのまま足を進めたが、提灯を持っていないことに気づき、もう一度振り返った。ひとりの男が迷いのない足取りで近づいてくる。黒い影だが、町人のような身なりに見える。

「そこを右へ曲がれ」

惣五郎は御籾蔵の手前に来て、利助に言った。

「どうされました？」

「尾けられているかもしれぬ」

利助の顔がぎょっとなった。

「様子を見る」

そこは深川元町で夜商いの店もない寂しい通りだ。惣五郎は商家の軒下の暗がりに身を寄せ、利助に提灯を消せと命じ、息を殺した。耳を澄ましていると近づいてくる足音が聞こえた。そして、その足音が急に途絶えた。

惣五郎は目を凝らした。人足か行商人のような身なりをした男が、あたりに目を配っている。

(尾けてきやがったな)

惣五郎は確信を持った。このままやり過ごしたほうがいいかどうか瞬時に考えたが、即座に斬り捨てると決めた。

男が用心深い足取りで近づいてきた。惣五郎は鯉口を切り、片手で利助の胸を押して口の前に指を立てた。

暗いので男の顔はわからないが、肩幅の広い中肉中背だ。その男が目の前を通り過ぎた。

「おい」

声をかけると、男が心底驚いた顔で振り返った。惣五郎は軒下を出ながら刀を鞘走(ばし)らせると、袈裟懸けに斬り込んだ。

「うわっ」

男は敏捷(びんしょう)に飛びしさってかわした。惣五郎はそのまま間合いを詰めて斬り込んだ。相手の袖を斬ったが、肉は断っていなかった。

「何しやがんだ！」

男は威勢のいい声を発して身構えた。その手に十手がにぎられていた。

「町方の手先か……」

惣五郎は言うなり斬り込んだ。今度は十手で受けられた。がちんと音がして火花が散った。相手は身構えてはいるが逃げ腰だ。

ずいっと詰めるとさらに斬り込んだ。相手は足を滑らせ尻餅をつき、慌てて横に転び、軒下にあった薪束から一本を引き抜いて投げてきた。

惣五郎はかわして詰めると、大上段から斬り込んだ。

「あっ」

男は悲鳴を漏らした。肩のあたりを斬った感触があったが、十分ではない。地に這っている男をさらに追い込んでいこうとしたとき、

「何してやがる！」

と、新たな声が近くでした。

「辻斬りだ！　辻斬りだ！」

あらわれた男が大声をあたりにまき散らした。

惣五郎はその声に怯んだ。騒ぎになってはまずい。

「利助、逃げるんだ」

惣五郎は斬りつけた男の脇をすり抜けて駆けた。

# 第六章　亀戸

## 一

与茂七は女を尾けていた。

（おりきかもしれない……）

その確信はなかった。しかし、浅吉の実家・甲兵衛店の近くで見かけたとき、どうにも怪しいと思った。もう夜だというのに、御高祖頭巾を被り、甲兵衛店の木戸口を何度かのぞき込み、信濃屋の裏にまわって歩き去った。

そのとき与茂七は迷った。事件には関係ない女かもしれない。夜でも頭巾を被って歩く女はいる。それに顔をたしかめていない。

おりきの顔は人相書を見ているので、その特徴はわかっている。しかし、女は頭巾で顔を隠しているのでわからない。それに暗い夜道なので着物の柄や色もはっきりしない。

人違いだろう。そう思って一旦見張場に戻りかけたが、

（あの女、なぜ提灯を持っていない）

と、いうことに気づいた。

与茂七は慌てて引き返し女を捜した。小網町の通りにも、信濃屋の裏路地にもその姿はなかった。与茂七は裏路地にぽつんと立ち止まり、

（しくじった）

と、舌打ちをした。

小網町三丁目のほうへ足を運んでいくうちに、先の角を曲がった黒い影を見た。はっとなって足を急がせて追うと、女は行徳河岸を左へ曲がり、そのまま箱崎川沿いに東へ急ぎ足で歩いた。やはり提灯は持っていなかった。

与茂七は十分な距離を取って女を尾けつづけた。新大橋をわたり深川六間堀町（ろっけんぼりちょう）から森下町（もりしたちょう）に入ったとき、女は一軒の居酒屋の前で立ち止まり、頭巾が乱れたら

しく被り直した。その刹那、軒行灯に女の顔が浮かびあがり、与茂七ははっと目をみはった。

おりきだ——。

尾行は無駄ではなかった。

与茂七は、より慎重におりきを尾けつづけた。

いまは本所林町の河岸道を歩いていた。おりきは竪川に架かる三ツ目之橋をわたりきった。すでに夜四つ（午後十時）は過ぎていた。おりきは小柄だが、腰のまわりの肉づきがよく成熟した女の色気が、後ろ姿でもわかった。

与茂七は一気に距離を詰めて押さえようかと考えた。こんなとき旦那はどうするだろうかと考えもした。おそらく、行き先を突き止めろ。旦那はそう言うだろうと、伝次郎の精悍な顔を思い浮かべた。

おりきは本所花町の先を左へ折れ、大横川沿いに進んだ。与茂七の尾行に気づいた様子はない。法恩寺橋をわたったおりきは、亀戸のほうへ足を急がせる。

その道は一本道で人通りはないに等しい。ところどころに店の灯りがあった。こんな夜分でも商いをやっている飲み屋があるのだ。小さな灯りにおりきの姿が浮かぶ。

おりきは十間川に架かる天神橋をわたった。与茂七は道の端を目立たないように歩いていたが、おりきが橋をわたったとたんさっと振り返った。

一瞬目があったような気がしたので立ち止まって、商家の軒下に飛び込んだ。そのとたん、おりきは駆けるように歩き出した。

(気づかれた)

与茂七はそんな気がしたが、見失ってはならぬと足を急がせて天神橋をわたった。しかし、おりきの姿はもう影も形もなかった。

途方に暮れたように立ち止まった与茂七の汗ばんだ顔を、夜風が冷たく嘗めていった。

(与茂七はどこへ行ったのだ)

伝次郎はぬるい茶に口をつけてから、もう一度戸口の隙間に目をあてた。粂吉と八兵衛が利助らしき男を尾けるために、見張場から出て行ってもう半刻以上たっていた。

しかし、信濃屋の裏を見に行っているはずの与茂七が戻ってこない。探りを入れるために、ついさっき貫太郎が信濃屋の周辺を見に行って戻ってきたが、与茂七の姿も賊らしき不審な影もなかったと言う。

「伝次郎、落ち着かぬのはわかるが、腰を据えて待つしかない」

久蔵が声をかけてきた。

戸口にいる伝次郎は久蔵を振り返って、居間に戻った。みんな仮眠を取っているので、疲れは取れていた。見張場として借りている水油仲買・梅屋五兵衛夫婦は親切で、女房はときどき遅くまでご苦労様ですと言っては茶菓子を運んできた。

「やはり利助だったのかもしれません」

伝次郎は久蔵を見て言った。

「そうであるなら尾けているのだ。うまく隠れ家を突き止めてくれればよいが……」

もう四つ半（午後十一時）は過ぎているだろう。表も家のなかも静かだった。五兵衛夫婦はさっきまで起きている気配があったが、ようやく寝間に引き取ったらしい。

行灯の芯がじじっと鳴り、煤が天井に昇った。

「松田さん、浅吉のことはどうされます？」

伝次郎はそのことを聞いておきたかった。浅吉は賊の手伝いをしているが、それは自分の意思ではなく半ば強制されてのことだ。

「賊を捕まえたのち、詳しく詮議するしかなかろう」

「それはわかっていますが、松田さんのお考えを聞きたいのです」

久蔵は冷めた目をじっと向けてくる。

「悩ましいところだ」

久蔵はそう言って煙草盆を引き寄せた。伝次郎も言葉どおりだと思った。いまの段階では他に答えようがないだろうと思う。逆に自分が聞かれたら、同じことを口にしたかもしれない。

（それにしても与茂七と粂吉たちは……）

そう思って戸口に目を向けたとき、その戸ががらっと引き開けられた。粂吉が八兵衛に肩を貸しながら倒れ込むようにして入ってきた。

「いかがした」

久蔵が真っ先に腰をあげた。

「惣五郎と利助を見つけました。尾けていたのを気づかれ、待ち伏せをされたんです。それより八兵衛の手当てを……」

条吉は汗だくの顔で息を切らして言うと、八兵衛を居間に押しあげた。八兵衛の左肩のあたりが血に濡れていた。

「たいした傷じゃありません」

八兵衛は強がったが、顔は苦痛にゆがんでいた。

「見せるのだ」

伝次郎は横になった八兵衛の着物を開いて傷口を見た。深くはないが、まだ血は止まっていなかった。

「貫太郎、五兵衛を起こして薬がないか聞いてこい」

久蔵が指図すれば、伝次郎は自ら台所へ行って水を運んできて、八兵衛に水を飲ませ、そのあとで傷口に水を吹きかけた。たしかに深い傷ではなかった。

その間に、条吉がどこまで利助を尾けて行ったか、どこで惣五郎に斬られたかを詳しく話した。

貫太郎が薬をもらってくると、久蔵が手際よく八兵衛の傷の手当てをした。

「おまえを斬ったのは惣五郎に間違いなかったのだな」

手当てを受けた八兵衛が落ち着くと、久蔵が念を押すように聞いた。

「惣五郎です。間違いありません。利助もいっしょでした。二人は永代橋のそばで待ち合わせをしていたんです」

「与茂七を見なかったか？」

伝次郎は八兵衛に聞いた。八兵衛は会わなかったと首を振った。

「やつは長屋を見に行っていたはずですが、戻っていないんですか？」

粂吉が心配そうな目を伝次郎に向けた。

「どこにいるんだ。まさか……」

伝次郎は首を振ってから、片山源兵衛の人相書に目を落とした。惣五郎と利助がこの近所にいたのはたしかだ。すると片山源兵衛もいたかもしれぬ。

（もしや……）

伝次郎は不吉な胸騒ぎを覚え、

「松田さん、もう賊はこの近所にはいないはずです。見廻ってきます」

と、断って表に出た。

町屋は深い闇に包まれていた。もう人の姿は見られない。小網町の表通りにも人影どころか野良犬の影さえなかった。信濃屋の裏通りをひとめぐりしたが、路上に倒れている者もいない。そのことに少し安堵したが、別の場所かもしれぬと、小網町一丁目から裏通りをまわって見張場に戻った。

梅屋五兵衛宅の前に来たときだった。

「旦那……」

闇の奥から与茂七の声がした。

二

「やめるって、越前屋をあきらめるって言うの」

おりきは目をみはって惣五郎に顔を向けた。

亀戸村の隠れ家に戻ってきて一刻は経っていた。もう九つ（午前零時）は過ぎている。

「わたしと利助を尾けてきたのは町方の手先だった。それはあきらかだ。おりき、おまえも尾けられた。そうだな」

惣五郎はおりきを見返す。

「わたしを尾けたのは町方の手先かどうかわからないわ。物好きな男が世間にはいるから。そういう男だったかもしれないし……」

おりきは膝を崩して不満そうな顔をする。

「あきらめてどこへ行く？」

片山源兵衛だった。

惣五郎は短く考えた。江戸を離れた先のことまではよく考えていなかった。ただ、ぼんやりともはや下総佐倉には戻れないと思った。戻れば佐々木孫太夫の手先となっている目付が動いているはずだ。見つかれば自分の言い条など通用しないのは火を見るよりあきらか。

目付に捕まれば死罪は免れまい。いや、その前に斬り捨てられるだろう。

「江戸につぐ繁華な地はどこだ」

惣五郎は腕組みをほどいてつぶやいた。

「そりゃ上方の大坂、そして京でございましょう」

利助が答える。惣五郎は遠いと思う。

「もそっと近い繁華な地だ」

「江戸の近くなら小田原か宇都宮あたりではないか。もしくは、御番所の手の入らぬ千住か板橋……」

片山源兵衛だった。惣五郎も千住宿と板橋宿なら少なからず知っている。千住へは何度も行ったことがある。されど、千住でおとなしく暮らすならともかく、同じ手を使っての稼ぎができるかどうかは疑問がある。千住には大きな旅籠はあるが、江戸にあるような大店はない。

そんなことを考えると、越前屋をあきらめきれない気になる。

「一旦江戸を離れ、ほとぼりの冷めるまで在で暮らすか……」

それが唯一安全な手段に思われる。

「悠長なことを言うんだね」

おりきがあきれたような顔をした。

「危ない橋をわたってきたが、町方の動きがあるのはたしかだ。浅吉に逃げられたのが何よりのしくじり。そうであろう。危険を冒してもやるというなら……」

「いかがする」

源兵衛が光る目を向けてくる。佐々木孫太夫の家士として雇われていた源兵衛は、素浪人だった。剣術指南役として雇われていたが、行状が悪いのを惣五郎は早くに見抜き、仲間に引き入れた。

（江戸に出て余生を楽に暮らせる稼ぎをする。一口乗らぬか）

その方策を説明したとき、源兵衛は一も二もなくやろうと呼応した。惣五郎が主人・孫太夫の妻と姦通したのが知れた直後だった。

源兵衛は何でもやる男だ。人を斬るのに躊躇いのない危険な男だというのも、江戸に入ってよくわかった。敵にまわせば厄介な男だが、味方につけておけば頼り甲斐がある。

「江戸を離れるとしても、あいつらはどうするんです？」

利助が声を抑えて、奥の座敷にいる三人のことを気にした。惣五郎たちのいる居間での話は聞き取れないはずだ。

「連れて行くのはよいが、その分の費えがかかることになる」

「ここに残しておけばまずいのではありませんか。町方が動いてりゃ、江戸に残ったやつらは捕まりますよ。そのときのことを考えなきゃなりません」

「そのとき、わたしたちは江戸を離れている」

利助はそれはどうかなと首をひねる。こそ泥稼業を長年やっている利助の腕には、二筋の入れ墨があった。

「江戸を離れたとしてもお尋ね者になるのですよ。ほとぼりが冷めて戻ってきても、それでは同じじゃございませんかねえ」

「だから言ってるじゃない。越前屋にさっさと押し入って、いただくものをいただいてそのままとんずらしちまえばいいのよ。それで江戸とはおさらばってことでいいじゃない。惣五郎さん、町方が動いていたとしても、わたしたちがつぎにどこを狙っているのか、知っちゃいないのよ」

おりきは力説する。

「しっ、声が大きい。おりき、言うのは勝手だが落ち着いて話せ」

惣五郎は窘めてから言葉を足した。

「浅吉は越前屋のことを聞いてはおらぬか……どうだ」

そう言ってみんなの顔を眺める。

利助も源兵衛も首をかしげる。

「聞かれているかもしれぬ」

源兵衛がつぶやいた。

「聞かれているなら、越前屋に押し入るのは危ないことになる。もし浅吉が町方に密告していればそうなる。それとも、明日にでも越前屋の様子を探ってから決めるか。いまここで決めるのも考えものだとは思うが……」

「わたしはそうは思わない。もし浅吉が町方に密告しているなら、自分の首だって無事じゃないのよ。そうでしょう」

おりきはあくまでも越前屋を襲いたいようだ。利助が連れてきた夜鷹（よたか）あがりのこすっからい女のわりには、よく世話をするので気に入っていたが、とんだ莫連女（ばくれんおんな）だ。だが、おりきの言うことにも一理ある。

「もう遅い。ひと眠りしたあとで決めよう。慌てることはない」

惣五郎はまとまりのつかぬ密談を打ち切った。

三

　烏が鳴きはじめた夜明け前だった。戸障子はまだ暗いままで、見張場にしている梅屋五兵衛の座敷では、粂吉たちが雑魚寝をしていた。

　仮眠を取った伝次郎が目を覚ますと、気配に気づいた久蔵が半身を起こし、

「寝たのか？」

と、顔を向けてきた。

「ええ。それより、いかがいたします」

「寝しなに考えたが、与茂七と八兵衛の話から、賊は亀戸付近にいると考えてよいだろう」

　伝次郎も同じ考えをしていた。

「それに八兵衛は十手を出して惣五郎と戦っている。惣五郎はおれたちの動きに気づいているはずだ。たまたま十手を持った町方の手先があらわれたなどとは思っていないだろう」

「亀戸に向かいますか……」

「それしかあるまい」

二人のやり取りに気づいた粂吉たちが目を覚まして起きあがった。

「賊は深川の正源寺裏の家を隠れ家にしていましたが、あの家は空き家でした。つぎに押上村の百姓家に移っていますが、それも空き家でした。もし、亀戸の近くに移っているなら、やはり空き家を隠れ家にしていると考えてよいでしょう」

「まずは空き家を探すことからはじめよう」

「手分けすれば、さほど手間はかからぬはずです」

よし、と久蔵は応じたあとで、

「これより亀戸に向かう。心してかかるが、八兵衛、傷のほうはどうだ？」

と、八兵衛を気遣った。

「どうってことありません」

八兵衛はそう言って怪我をした左腕をぐるぐるとまわした。

「旦那、亀戸へはどうやって……」

与茂七だった。舟を使いますかとその目が聞いていた。亀戸までは距離がある。

歩くより猪牙舟を使ったほうが早い。

「与茂七、舟を行徳河岸まで運んでこい」

「はい」

伝次郎に命じられた与茂七は身軽に土間に下りると、

「すぐに持ってきますんで」

と、みんなを振り返って表に出て行った。戸が開いたときに冷涼な風が家のなかに流れてきた。みんなの声に気づいたのか、それとも早くに目を覚ましていたのか、五兵衛の女房が土間へやって来た。

「みなさん、お出かけでございますか」

「世話になった。この礼はあらためていたす」

久蔵が答えると、

「お急ぎでしょうが、茶とにぎり飯を用意します。手間はかかりませんので……」

女房はそう言って台所に去った。

伝次郎は帯を締め直し、刀を引き寄せた。賊の居所がはっきりわかっていれば捕り方を仕立てることができるが、果たして賊が亀戸にいるかどうかわからないし、すでに江戸から逃げていれば徒労（とろう）に終わる。

賊が亀戸あたりにいるというのは、あくまでも与茂七と八兵衛から聞いたことからの推量である。

ほどなくして女房が茶をみんなに配り、亭主の五兵衛がにぎり飯を運んできた。

みんなはそれを腹に詰めると、すぐに行徳河岸に向かった。この河岸場は小名木川を辿って行徳に向かう舟の出る発着場である。

川には薄い霧が立ちこめ、雀や鴉の声が多くなっていた。東の空がわずかに赤みを帯びているだけで、町は薄い闇に包まれたままだ。

与茂七の操る猪牙舟が桟橋（さんばし）につけられると、みんなはそれに乗り込んだ。

「おれがやる。与茂七、おまえの飯だ」

伝次郎は五兵衛の女房が作ってくれたにぎり飯と茶の入った竹筒をわたし、棹をつかんだ。

「みんなは食ったので遠慮はいらぬ」

与茂七が船中に腰を下ろすと、伝次郎は棹で岸壁を突いた。すうっと猪牙舟が暗い水面を滑り、川中に進む。

箱崎川を抜けると大川だ。夜明け前の空を映し取る川面は静かだった。伝次郎は流れに逆らって櫓を漕ぎ、まずは小名木川を目指した。流れの速い大川より、小名木川のほうが操船しやすいうえ、そちらのほうが体力も使わない。

万年橋をくぐって小名木川に入ると、再び棹に持ち替えた。薄い川霧の立ち込めるなかを猪牙舟はゆっくりと、しかし確実に前進する。

艫（とも）に座っている久蔵は、猪牙舟が進むほうを見ていた。

新高橋（しんたかばし）をくぐり大横川を突っ切ると、東の空がうっすらと明るくなった。雲が朱に染まり、空は光の加減で紫に近い青色を見せた。川岸に茂っている薄がふるえるように風に揺れている。

町屋が切れると、両岸に大名家の下屋敷や旗本屋敷の長塀がつづく。その武家地を過ぎると左手が深川猿江町（さるえちょう）で右側は百姓地だ。

風は冷涼だが穏やかで川霧が少しずつ晴れてゆく。伝次郎は大島橋（おおじまばし）をくぐって、十間川に入った。そのまままっすぐ進めば、自（おの）ずと亀戸に着く。

竪川を横切ったとき、すうっと差してきた朝日が霧をすり抜けて川面をてらてらと光らせた。

伝次郎は天神橋の近くに猪牙舟を寄せると手早く舫って、みんなを先に下ろした。

「まずは自身番だ」

河岸道に上がった久蔵がそう言って亀戸町の自身番に向かった。

四

惣五郎は井戸の水を使って朝日の差してきた空を仰ぎ見た。肚は決まっていた。目が覚めるなり、片山源兵衛と利助、おりきをそばに呼んで、大まかな話をした。

「そうこなくちゃ、面白くないものね」

頬を緩めて目を輝かせたのはおりきだった。

顔を洗って家のなかに戻ると、座敷にみんなを集めた。

「仕事にかかることにした」

惣五郎はゆっくりとみんなを眺める。浜田正三郎と辰吉、そして新助はかたい表情をしている。

「どんな仕事なのか気になるだろうが、いまさら話すことはないであろう。されど、此度の仕事にはわたしも加わる。それだけ大きな仕事だ。終わったら、そなたらには日に二分の手当の他に十両の心付けをわたす」

辰吉と新助が顔を見合わせた。

「世話人、また盗みでござるか？」

正三郎だった。

「……他に何があると考える。これまでと同じだ。そこもとはまだ一度しか仕事をしておらぬが、此度の仕事で大きく稼ぐことができる」

「その仕事が終わったら、わたしは手を引きたい。手当をもらったら、わたしは貴公らと別れる。そう心得ておいてもらいたい」

惣五郎は正三郎をじっと眺めた。どうやらあれこれ思案した末の言葉のようだ。

「よかろう。ただし、わたしらから離れたとしても、これまでのことはかまえて他言ならぬ。他言すればそこもとの首が飛ぶということを忘れるな。それに、そこもとの父親とて安泰ではない。盗みに殺しの助をしたそこもとのことが知れたら、御徒組にはいられなくなる。そこもとの兄上も家督を継げぬことになる。まあ、浜田家はお取り潰しということだ」

正三郎は顔をこわばらせたまま唇を引き結んだ。

「仕事の前に逃げようなんて気は起こさないでくれ」

「浅吉はいかがしたのです？」

「斬った」

壁にもたれかかっている片山源兵衛が答えた。正三郎はぎょっとして源兵衛を見た。浅吉の始末に関しては、おりきが提案したように斬ったことにした。そうでも言っておかないとしめしがつかないからだ。

「それで今日は様子を見て、押し入る店を探ってくる。退屈であろうが、そなたらには待ってもらう」

「世話人様、その仕事が終わったら、あっしらは好きにしていいんですね。それが最後の仕事ってことですね」

辰吉だった。殺しを平気でやるようになった男だが、まだ仏心はあるようだ。

「もちろん、これまでのことは口が裂けたって言いやしません。言えねえことですから」

「わかっているなら、それでよかろう。新助、おぬしはいかがする？　わたしについてくれば、もっとうまい汁を吸うことができるが……」

惣五郎は新助を眺めた。新助は団栗眼を短く彷徨わせて答えた。

「もう十分稼がせていただきましたので、今度の仕事で終わりにしていただければありがたいです。もちろん、余計なことはしゃべらないと約束いたします」

「まあ、わたしもおぬしらをいつまでも引きまわすつもりはない。好きにするがよかろう。ただし、今度の仕事はしくじってはならぬ。肚をくってやる大仕事だ」

「どこを狙っているのです？」

「それは、いまは言えぬ。今日の調べがうまくいったら詳しく話す」

新助は辰吉と正三郎を見てうつむいた。

「言っておくが、仕事が終わる前にわたしを裏切るような真似をしたら、ただではおかぬ。もっともどっちが得か考えたら、そんなことはしないであろうが……」

「惣五郎さん、話は終わりですか？」

おりきが口を挟んできた。

「何か聞きたいことがあれば、答えられることには答えるが……」

惣五郎はおりきにはかまわず、目の前の三人を眺めた。

「あの、今度の仕事が終わったら手当の他に十両をくださるとおっしゃいましたね」

辰吉だった。

「わたしは約束は守る」

「どれだけの稼ぎになるか知りませんが、もう少しはずんでくれませんか」

惣五郎はぴくっと片眉を動かした。

「あっしは盗みの他に殺しもやったんです。そんなことをするとは思っていなかったんですが、手当と十両の心付けでは間尺（ましゃく）に合わねえ気がするんですが……」

そんなことを口にした辰吉に、正三郎と新助が顔を向けた。

「これまでの手間と十両では不足と申すか」

「だって、手を汚したんです」

辰吉は上目遣（うわめづか）いに見てくる。その目に卑（いや）しい光があった。惣五郎は稼いだ金を山分けできないかと言われている気がした。おそらくそんな気持ちを持っても不思議はない。

「先だっても心付けをわたしたであろう。おぬしとの約束は、口入屋の美濃屋でも聞いたはずだ。日に二分は悪い手当ではない。だからわたしのところに来たはずだ」

辰吉は小さくうなずく。

「ところが思いもよらぬ仕事をさせられた。そう思っているのであろう。おまけに殺しまでやることになった。日に二分の手当と、五両十両の心付けでは物足りないと思うのは道理だ。辰吉、欲を出したな」

辰吉は申しわけないという顔でうなだれた。

「よかろう。今度の仕事がうまくいったら、もっと金をはずんでやる」

辰吉はさっと顔をあげた。目を輝かせている。

「浜田殿、新助、そういうことだ」

正三郎と新助の目の色も変わった。

それを見た惣五郎は、おりきに顔を向けた。

「飯の支度を頼む」

「すぐにかかりますよ」

惣五郎はおりきが台所に去ると、利助を見て言った。

「飯を食ったら、わたしといっしょに出かける」

「へい」

「源兵衛、今日も留守を頼む。よいか」

「退屈には慣れておる」

惣五郎は立ちあがると、台所のそばにある居間に移った。

## 五

日が昇り亀戸の町屋が明るくなった。河岸道を這っていた川霧も消え、まばらではあるが通りに人の姿が増えていた。納豆売りが路地に入って、また出てくる。天秤棒に空の盤台(ばんだい)を吊るした魚売りは、これから仕入れに行くようだ。

伝次郎は与茂七と亀戸町の空き家をあたっていた。与茂七がおりきを見失ったのは、亀戸天神社の門前あたりだ。その近くの町屋に空き家はあったが、いずれも長屋であり、とても賊の隠れ家にできるようなところではなかった。

賊は浅吉の証言どおりなら惣五郎を含めて七人だ。狭くて人目につく長屋にひそんでいるとは到底考えられない。

与茂七を連れた伝次郎は町屋を抜け、百姓地に入った。このあたりは亀戸村と柳島村が混在し、小梅村の飛び地もある。夜露を光らせる雑草の生えた小道を歩き、付近の百姓家に目を配る。朝餉の支度をしている家から炊煙が出ていた。

「旦那、こっちは松田の旦那たちが調べているんでは……」

与茂七が立ち止まって言った。伊予大洲藩抱屋敷の北側だった。田んぼには稲の切株があり、不要になった稲藁が積んであった。

伝次郎も立ち止まってあたりを眺める。おりきは亀戸天神社の前で消えている。その前に与茂七の尾行に気づいていたなら、わざと大廻りをしたのかもしれない。

(すると亀戸天神より北かもしれない)

そう推量した伝次郎は来た道を引き返した。

「どこへ行くんです？」

与茂七が後ろから声をかけてくる。

「おりきがおまえの尾行に気づいたのが、天神橋よりずっと手前だとしたら、まくためにわざとこっちへ来たのかもしれぬ」

「だとしたらどこへ……？」

「わからぬ。だが、隠れ家はそう遠いところではないだろう。亀戸天神の北側にも村がある。そちらをあたってみよう」

伝次郎はそう言いながら天神橋のほうへ足を進めた。十間川沿いに北へ行くのはいいが、十間川の北外れに架かる又兵衛橋までは、ほとんど寺社と大名家の屋敷しかない。

「とりあえず又兵衛橋まで行って、それから村をまわるか。与茂七、猪牙で行こう」

「へい」

返事をした与茂七が小走りに舟を取りに行った。伝次郎は与茂七が舫いをほどくと舟に乗り込んだ。

「粂吉と八兵衛はこっちを調べているのだな」

伝次郎は天神橋から大川方面につづく町屋を眺めて言った。

「そうです。松田の旦那は、貫太郎さんと天神橋から南のほうをまわっているはずです」

与茂七はそう言って舟を出した。

「何としてでも見つけなければならぬ」

伝次郎は独り言のようにつぶやき、頭のなかでおりきの行方を考える。

数羽の鴉が鳴きながら飛んでいく、さらに上空で鳶が舞っていた。

伝次郎は川沿いの道に目を注ぐ。町屋が切れると、右手に寺社の塀がつづき、つづいて弘前藩津軽家の蔵屋敷の長塀。

河岸道に人の姿はあるが、青物や芋などを入れた籠を背負っている近所の百姓だった。川の左側はずっと大名家の屋敷だ。

「旦那、どこまで行きます。どん突きまで行きますか？」

右手に龍眼寺の境内が見えたとき与茂七が聞いてきた。伝次郎はそうしてくれと応じた。十間川はさざ波もない穏やかさだ。岸辺にある薄や柳が秋の日差しを受けていた。

又兵衛橋の袂に猪牙舟をつけると、伝次郎と与茂七は北十間川沿いを東へ歩いた。

しばらく越後村松藩中屋敷の長塀がつづく。屋敷のなかにある欅が黄葉しており、樫や椎の大木が聳えていた。長塀が途切れると百姓地だ。萱葺屋根の粗末な家があちらこちらにある。

「まずは空き家がないか聞いてみるか」

伝次郎は野路に入って一軒の百姓家に向かった。朝餉の支度中なのか、窓から煙が出ている家があった。

浜田正三郎は毛羽だった畳に寝転がり、天井の隅にある蜘蛛の巣を眺めていた。いろいろ考えることはあるが、いかんともしがたい。このまま惣五郎という世話人の言いなりになるしかない。うまくつぎの〝仕事〟を終えれば、金が入り、惣五郎の束縛から解き放たれる。

それでも正三郎には葛藤（かっとう）があった。自分は幕臣の倅である。家督の継げぬ部屋住みではあるが、父は七十俵（ぴょう）五人扶持（ぶち）という御徒衆（おかちしゅう）だ。微禄に甘んじなければならぬ身分ではあるが、権現様（ごんげん）家康（いえやす）の代より営々とつづいてきた家柄である。

それなのに自分は盗人の助っ人をし、あげく殺しの手伝いをすることになった。剣の腕が達者で肝が太ければ、惣五郎という世話人を成敗（せいばい）したいところだが、からきし自分は意気地なしだ。

用心棒のような片山源兵衛はいかにも剣の腕が立ちそうだし、陰鬱な目でにらまれると背筋が凍りそうになる。あの二人から逃れることはできない。

(やはり、言いなりになっているのが得策なのか……)

そこまで考えた正三郎はがばりと半身を起こした。

絵双紙をめくっていた新助が驚いたように見てきた。鼻毛を抜いたり耳くそをほじったりしていた辰吉も目をしばたたいて見てくる。

「おぬしら……」

正三郎は声をひそめて話しかけた。居間にいる惣五郎たちには届かない低声だ。

「つぎの仕事を引き受けるのだな」

「やらなきゃどうなるかわかりませんからね。裏切ったり逃げたりしたら殺されちまうんですよ」

辰吉が掌を膝のあたりにこすりつけて言う。

「自分だけじゃありません。身内のことも知られているんです。わたしだけなら逃げようと思いもしましたけど、身内に災いが降りかかるなんて考えただけでも怖ろしいです。貞市さんも浅吉さんも殺されているんです」

そうか、と思って正三郎はため息をついて膝許を見つめる。だが、すぐに顔をあげた。

「世話人の惣五郎さんだが、いったい何者なんだ。侍言葉を使うし、所作などはいかにも武士らしいではないか。知っておるか？」

正三郎は二人を交互に眺める。

「聞いても教えてくれないんです。だけど、片山源兵衛さんは剣術のご指南をやっておられたと、おりきが言っていました」

新助が言う。この男は元は蠟問屋の奉公人だったので言葉つきが商人っぽい。ひ弱そうな顔をしているが、平気で人を殺すという裏の顔がある。

「そんなこと知ってどうするんです？」

辰吉が顔を向けてくる。元大工らしく、黒く日に焼けた腕も足も太く、がっちりした体つきだ。こいつも人を殺している。罪もないか弱い年寄りをだ。

「できれば帰してもらいたいのだ。おれはもう……」

人殺しや押し込みの手伝いはいやだと言いたかったが、喉元で呑み込んだ。この二人に意気地のないことは言えない。

「なんです？」

辰吉がのぞき込むように見てくる。

「家に戻っていろいろやらなければならぬことがあるのだ」

正三郎は言葉を変えた。たしかにそういうこともあるので嘘ではない。

「……あとひと仕事すりゃ、金が入るんです。世話人に従うしかないでしょう。仕事が終わったら好きにできるんですから、あきらめてやりますよ」

辰吉は完全に盗賊に成り下がっている。正三郎はそう思った。

「殺されたくはありませんから。生きていたければやるしかありません。あとは黙って暮らせばいいだけのことですから」

そう言う新助の顔を、正三郎はまじまじと眺めた。たしかにそうかもしれないと思う。いまのおのれに逃げ道はないとあきらめるしかないのだ。

「そうだな」

正三郎は力のない声で言って、また仰向けに寝そべって蜘蛛のいない巣を眺めた。

## 六

久蔵は十間川の左岸沿いにある町屋を調べたが、賊のいるような空き家を見つけることはできなかった。おいてけ堀のある村もひと廻りしたが、やはり同じであった。

「こっちではないか……」

久蔵はうっすらと額に浮かぶ汗を拭って、太い息を吐いた。

「戻りましょうか」

貫太郎があばら家から出てきて言った。

「うむ」

久蔵はうなずいて踵(きびす)を返す。昨夜、与茂七はおりきを見失っているが、長い尾行をしている。小網町から天神橋まで尾けたのだ。どこでおりきに気づかれたのかは定かではないが、亀戸天神社のそばまでおりきが来たということは、隠れ家に戻るためだったと考えていい。

つまり賊の隠れ家は亀戸天神社の近くになければならない。おそらくそのはずだ。久蔵の勘であるが、それは長年培ってきたものだ。推量は外れていないという自信がある。

「もしや、伝次郎が見つけているかもしれぬな」

歩きながら伝次郎に期待をする。

「そうだといいのですが……」

汗かきの貫太郎は息をはずませていた。

町屋の通りには人が増えていた。勤番侍の姿もちらほら見かけられ、商家の前では小僧たちが呼び込みの声をあげていた。

五つ（午前八時）の鐘を聞いたのは少し前のことだ。日はすっかり昇り、あたりに秋の日差しをまき散らしている。

「旦那、旦那……」

天神橋のそばへ来たとき、八兵衛が駆け寄ってきた。

「いかがした」

「おりきはこのあたりにいます。人相書を見せたら何度か買い物に来たと惣菜屋のおかみが言います。酒屋をあたりますと、やはりおりきが来ていました。賊の隠れ家はこの近くにあると見て間違いないでしょう」

久蔵は目を光らせた。

獲物を見つけた蛇がじわじわと接近するように探すのだとおのれに言い聞かせる。

「その惣菜屋と酒屋はどこだ？　話を聞きたい」

八兵衛の案内で行った惣菜屋は、亀戸天神社の門前にあった。

「買い物をしたあと、その女はどっちへ行った？」

久蔵は惣菜屋のおかみに訊ねた。

「どっちだったかしら……村のほうから歩いてきたと思うんですが……」

おかみは東のほうに顔を向けて答えた。あまり自信はなさそうだったが、久蔵は町屋の先にある百姓地に目を向けた。

「おかみ、その女はいかほど惣菜を買っていった？」

「さあ、六、七人分はあったでしょうか。二度ばかり見えていい客がついたと思ったのですけど、あまり無駄口をたたかないから話はしていませんが、まさかお尋ね者だったとは思いもしませんで……」

おかみは首をすくめて、おぞましげな顔をした。

酒屋でも同じようなことを聞いたが、酒の量はともかく、惣菜屋のおかみと同じように東の村のほうから来た気がすると言う。

「八兵衛、粂吉はどこだ?」

「人相書を持ってあちこちの店で聞き調べをしています」

八兵衛が答えたとき、粂吉が近くの履物屋から出てきた。

「粂、何か聞き出せたか?」

「おりきがこの町に姿を見せているのはたしかです。ですが、惣五郎や利助を見たという者はいません」

久蔵は無精ひげの生えた顎を撫でながら通りに目を光らせた。見えない賊が見えてきたという感触がある。

「伝次郎はどこだ?」

「亀戸天神の裏のほうをまわっているはずです。もう五つを過ぎたので、そろそろ番屋に戻ってくる頃かと思いますが……」

五つ過ぎに亀戸町の自身番で一度落ち合うことにしていた。

このまま聞き込みをつづけてもよいが、賊のなかには用心棒らしき片山源兵衛という男がいる。それに世話人と呼ばれる池内惣五郎も侍だ。いかほどの腕があるかわからないが、いまは不用意に賊に近づくのは考えものだ。

「よし、番屋に行って伝次郎に会おう」

伝次郎と与茂七は梅屋敷の近くにある村と、北十間川沿いの村を調べていた。空き家は何軒かあったが、いずれも朽ち果てた百姓家で人の住めるような家ではなかった。

村の者が言うには飢饉があったときに、欠落した者がいるらしい。田畑が荒れ、農作物の収穫が見込めなくなった百姓が逃げるのはめずらしくはなかった。そんな百姓の家はほったらかしで、いつしか朽ち果てる。ときに物乞いや在から流れてきた浮浪人が一時しのぎに住みつくこともある。

「旦那、さっき五つの鐘が鳴りましたがどうします？」

伝次郎も待ち合わせの刻限だというのには気がついていた。一度、聞き調べの結果を伝えるために、亀戸町の自身番で落ち合うことになっている。

「戻るか。この辺はまたあとで来ればよいだろう」

与茂七は舟に戻るかと聞いたが、

「村を見ながら戻ろう。何か気づくことがあるかもしれぬ」

伝次郎は亀戸町へつづく道へ出ると、足を速めながらもあたりの百姓家に目を配った。

亀戸町の自身番には久蔵たちがすでに待っていた。伝次郎と与茂七が戸口前に行くと、茶を飲んでいた久蔵が、何かわかったかと真っ先に聞いてきた。

「亀戸天神の北のほうを見てきましたが、空き家はあれど賊の隠れ家はありません」

「隈なく調べたか？」

久蔵の顔がいつになく引き締まっている。こういうときは何かつかんでいるからだ。

「まだまわっていない村があります」

「どのあたりだ？」

「普門院の近くの村です」

「おりきが亀戸天神門前の店にあらわれている」

伝次郎はかっと目をみはった。

「惣菜屋と酒屋で買い物をしている。惣菜はひとり分ではない。少なくとも六、七人分だったらしい」

「では、この近くにいると考えてよいでしょう」

「逃がしはせぬぞ」

久蔵は顔を引き締めて、上がり框から立ちあがった。

七

惣五郎がそろそろ出かけようとしたときだった。

「どうも気になるんです」

利助がそんなことを言った。

「いえ、さっき厠に行ったときですよ。この家の近くを浪人みたいな男と若い男が歩いていたんです。そんときはこの近所に来た浪人とその連れだろうと思ったんですがね。昨夜のことを考えると、ひょっとして町方だったんじゃないかと……」

惣五郎は雪駄(せった)に足を通したばかりだった。

「浪人というのは……」

「顔はよく見えなかったんですが、体つきのいい男でした。まわりに目を配っておりやしてね。どうもその様子が気になってきたんです。連れの若いやつも何かを探すようにまわりを見ていたんで……」

「若い男はどんな風体であった？」

惣五郎は上がり框に腰を下ろした。

「股引を穿(は)いて着物を尻端折りしてましたから、あの浪人の下男だったのかもしれませんが……やっぱり、いま考えると何か探しているふうでした」

気になった惣五郎は台所にいるおりきに声をかけ、そばに呼んだ。

「なんです」

「昨夜、おまえは男に尾けられたと言ったな。どんな男か覚えているか？」

聞かれたおりきは少し視線を動かして考える顔つきになった。

「顔は見えなかったですよ。夜でしたからね。それに離れていたし」

「身なりは？」

「さあ、着物の下に股引を穿いていたかしら。何ですよ。いま頃……」

「利助が若い男を連れた妙な浪人を見ている。ついさっきのことだ。そうだな」

惣五郎が利助を見ると、まだ小半刻もたっていないと言った。

「その若い男が、昨夜わたしを尾けたやつかもしれないってこと……」

おりきは首をかしげた。

「利助、その二人はどっちから来てどっちへ行った？」

「梅屋敷のほうから来て、すぐそこの道を通って町のほうへ行ったように見えましたけどね」

惣五郎は立ちあがって戸口を出た。一町（約一〇九メートル）ほど離れたところに村道がある。亀戸天神社のある町のほうへつづく道だ。反対側に目を向けると、普門院の日を受けた竹林がゆっくり風に揺れていた。さっきからその竹林で鴉の鳴き声がしていた。

昨夜は十手を持った男に尾けられた。そして、おりきも尾けられている。ひょっとすると町方がこのあたりに来ているのかもしれない。

惣五郎はちっと舌打ちをした。もし、近くに町方が来ているなら先に見つけて、手を打たなければならない。

(どうするか……)

惣五郎は家のなかに戻った。

「利助、越前屋を見に行くのはあとまわしだ。天神前の町屋へ行って、町方が来ていないか探りを入れる。いや、おまえとわたしはまずい。昨日の十手持ちに顔を覚えられているかもしれぬ」

「わたしだって顔を見られているかもしれないわ」

おりきが顔をこわばらせた。惣五郎は座敷の隅で腕枕している源兵衛を見た。

「源兵衛、ちょいと気になることがある。こっちへ来てくれ」

寝ていた源兵衛はゆっくり起きあがって、座敷の上がり口にやって来た。

「亀戸の町をひとめぐりしてくれぬか。町方らしき男を見かけたら、すぐに戻ってくるのだ」

「おれが行くのか?」

源兵衛は憂鬱(ゆううつ)そうな顔に不満の色を浮かべた。

「わたしと利助、それにおりきも町方の手先に顔を見られているかもしれぬ。昨夜のことは話しただろう」

「ああ」

「おぬしは顔を見られていない」

源兵衛はひげの伸びた顎を撫でながら短く考えて答えた。

「よかろう。退屈しのぎに行ってくるか」

亀戸町の自身番を出た伝次郎たちは、百姓地に入る手前で二手にわかれることにした。

「伝次郎、おれたちはこの道を真っすぐ行った村をあたる。おぬしは普門院の近くを探してくれるか」

「承知しました」

ではと言って久蔵は、貫太郎と八兵衛を連れて、そのまま東に延びる村道へ進んだ。だが、久蔵はすぐに立ち止まり、

「あまり離れないほうがよいかもしれぬな。いかほどの腕があるかわからぬが、賊

には片山源兵衛という用心棒がいる。互いの姿が見えるようにしたい」

と、用心深いことを口にした。ここで賊に逃げられてはこれまでの探索が無駄になる。それに相手の力量がわかっていないからもっともなことだ。

「では、さように……」

伝次郎はそう応じて普門院のほうへ足を進めた。日差しは百姓地を明るく照らしている。風が少し出てきて、畦道(あぜみち)に生えている薄の藪を揺らしていた。足許の雑草に張りついていた朝露は乾き、虫でもいるのか刈り入れの終わった田の地面を鴉がついばんでいた。

「旦那……」

粂吉が顔を向けてきた。伝次郎も気づいていた。普門院の北側の道からひとりの侍があらわれたのだ。菅笠(すげがさ)を目深に被り、腰に大小を差している。浪人の風体である。

伝次郎は歩みを緩めながら、

「気をつけろ」

と、粂吉と与茂七に注意をうながした。

浪人との距離が詰まってくる。もう半町もない。浪人は悠然とした足取りだ。伝次郎がその相手をすがめ見たとき、与茂七が驚いたような声を漏らした。

「旦那、桟留縞の青い着物に袴は紺です」

それは浅吉が証言した片山源兵衛の身なりだった。

ここで下手に警戒するのはよくない。伝次郎は久蔵が去ったほうを見たが、旗本屋敷の裏手にいるらしく、姿が見えなかった。小さく唇を噛みながらどうするかを考えた。相手に探索方だと知られないほうがよい。

片山源兵衛は歩みを緩めず近づいてくる。伝次郎たちが辿ろうとしている道である。ほどなくすれ違うことになる。その距離はもう間近だった。

(このままやり過ごすか……)

伝次郎は背後についている二人に、何も言うなと釘を刺した。

菅笠の陰になっている源兵衛の目が鋭く見てきた。伝次郎は視線を外した。そのまますれ違うと思ったが、

「待て」

と、源兵衛が声をかけてきた。

「おぬしらどこへ行く？」

くぐもった声だ。肉づきのよい鬱屈したような顔に鋭い目がある。

「墓参りだ」

伝次郎はとっさに答えた。梅屋敷の近くには二つの寺がある。いい思いつきだったが、言葉を足さずにはおれなかった。

「見も知らぬ者に何故さようなことを訊ねる。自ら名乗ったうえでのことならまだしも無礼であろう」

「なにを……」

源兵衛はその身から殺気を放った。

「無礼だと言ってくれたな。きさま、何者だ？」

源兵衛が左足を後ろに引いた。刀を抜く構えだ。いやがおうでも緊張が高まった。

「何者でもない。ただ墓参に行くだけの者だ」

短くにらみ合った。源兵衛は視線を外さないだけの眼力を備えていた。

（こやつ、できるな）

伝次郎は内心で警戒した。ここで斬り合いになるのは避けたいが、相手はその気になっている。

「こんな鄙(ひな)びた村で揉め事は御免蒙(こうむ)る。通してくれ」

伝次郎が足を進めようとしたとたん、源兵衛は電光の速さで刀を抜いた。日の光をはじきながら刀身が一閃したとき、伝次郎は半身をひねってかわすなり刀を抜いた。

「粂吉、与茂七、下がっておれ」

伝次郎はそのまま源兵衛に剣尖(けんせん)を向けた。間合いをすぐに詰められ、突きが送り込まれてきた。袖口を切られた。源兵衛は隙も与えず逆胴に斬りあげてきた。

「うっ……」

伝次郎の左二の腕がわずかに斬られた。袖口から血がしたたり落ちたのはすぐだ。だが、かまっていられない。源兵衛は殺気をみなぎらせて斬りかかってくる。

今度は上段からの唐竹(からたけ)割りだった。伝次郎はすりあげると、下がりながら源兵衛の左肩を狙って袈裟懸けに刀を振った。わずかに剣筋は逸れたが、肉を断ち斬った。浅傷(あさで)だ。

さらに逆袈裟に斬りあげると、源兵衛の菅笠の庇(ひさし)を刎(は)ねた。そのまま笠が後ろに飛んで、源兵衛の形相がはっきりした。

狭い額。どっしりした鼻の下にある分厚い唇を引き結び、仁王のような眼をぎらつかせている。源兵衛が詰めてきた。

伝次郎も離れずに間合いを詰める。源兵衛の右足が地を蹴ったと同時に、伝次郎は前に跳び胴を抜こうとしたが、右肩に軽い衝撃があった。だが伝次郎も源兵衛の脇腹の肉を斬っていた。しかし、それも十分でなかった。

伝次郎は地に膝をついて身構えた。源兵衛は脇腹を斬られたのが応えたのか、たたらを踏むように後じさると、そのままくるっと背を向けて一散に駆けだした。

「旦那……」

与茂七が膝をついている伝次郎の肩に手をあてた。

「粂吉、追え」

伝次郎は逃げる源兵衛をにらみながら命じ、

「おれにかまうな。すぐに松田さんを呼んでこい」

と、与茂七にも命じた。

# 第七章　落日

## 一

がたんと戸口に肩をぶつけて源兵衛が戻ってきた。惣五郎が顔を振り向けると、

「町方かもしれぬ。斬られた」

と、源兵衛は上がり框にどすんと座り、左脇腹と左肩を右手で庇うように触った。着物に血がにじんでいる。

「相手はひとりか？」

「浪人みたいな身なりだが、二人の男を連れていた。下僕かもしれぬが、町方なら手先だ。墓参りに行くとぬかしたが、信用できぬ。だが、できる男だ」

「おりき、源兵衛の手当てをするんだ。水を持ってこい」

惣五郎はそう言うと、戸口を出てあたりに目を配った。竹林の向こうに広がる田や畑がある。人の姿は見えなかった。

「源兵衛、その浪人とどこで斬り合った？」

惣五郎は家のなかに戻って問うた。

「普門院の角だ。参道に近い場所だ」

「すぐそばではないか」

惣五郎は上の歯で下唇を軽く噛むと、座敷にいる正三郎たちに目を向けた。もし町方が近くに来ているなら、この男たちを味方につけておかなければならない。

「辰吉、新助、浜田殿、よく聞くのだ」

惣五郎はいつものやわらかい笑みを消して三人を眺めた。

「もし町方が来ているなら逃げなければならぬ。されど、逃げ道を断たれたら戦うしかない。おぬしらは捕らえられたら獄門（ごくもん）は免れぬ」

辰吉が顔をこわばらせれば、新助は青ざめ、正三郎は呆（ほう）けたような顔をした。

「いざとなったら相手を殺してでも逃げるしかない。生きたければ戦え。よいか。

わかったか」

三人は曖昧にうなずいた。だから惣五郎は言葉を足した。

「臆病風を吹かせたら、わたしはおぬしらを斬る。そのつもりでいろ」

そのとき、表を見に行っていた利助が戻ってきた。

「浪人はいませんよ。人の姿もありません」

惣五郎はその言葉にわずかに救われた思いがした。

「おれも斬られたが、おれも相手を斬っている。追っては来られぬはずだ」

おりきの手当てを受けた源兵衛が太い吐息を漏らして言った。

「相手のどこを斬った？」

「肩と腕だ。だが、手応えが弱かったので深傷は負わせておらぬだろう」

惣五郎は一刻の猶予もならぬという思いに駆られていた。いやな胸騒ぎがしてならない。まずは、これまで稼いだ金を持ってこの家を離れるべきだ。

「利助、金を身につけるのだ。源兵衛、おぬしもだ」

「わたしも手伝うわ」

おりきが顔を向けてきた。金のためなら何でもする莫連女。

「女には荷になろう。男の仕事だ。まかせておけ」

窘めると、おりきは途端に不信の色を浮かべたが、惣五郎はかまわずに、この家を出る支度を急がせた。

「これからいずこへ行くのです」

正三郎が訊いてきた。

「大川を舟で下るか上るかのいずれかだ。とりあえず猪牙を仕立てられる業平橋までゆく。みんな急ぐのだ」

惣五郎はそう言ったあとで、辰吉と新助に脇差をわたした。

「いざというときの用心だ」

二人は恐る恐る受け取り、帯に差した。

普門院の北に賊の隠れ家はあった。

「あの竹林の向こうに見える家がそうです」

源兵衛を尾けていった粂吉が、指を差して教えた。

「家のなかには何人いる？」

久蔵が目を光らせて聞く。

「人数まではわかりませんが、利助と惣五郎の姿は見ました」

「よし、心してかかる」

久蔵は襷をかけながら、伝次郎を見た。

「怪我が体にさわるようなことはないだろうな」

「お気遣い無用です」

伝次郎は切られた袖口を引き裂いて、斬られた左の腕にきつく巻いていた。右肩の傷口には蓬を手ですり潰して塗り、当座の処置を施していた。

「伝次郎、おれたちはあの家の裏にまわる。おぬしは庭のほうから近づいてくれるか」

「気取られぬように近づきます」

久蔵が貫太郎と八兵衛を連れて、隠れ家の北側へまわり込んでいった。

「旦那、ほんとうに大丈夫なんでしょうね」

与茂七が久蔵たちを見送ったあとで、心配そうな顔を向けてくる。

「懸念には及ばぬ。行くぞ」

伝次郎は小腰のまま近くの立木まで行って、粂吉と与茂七に顎をしゃくった。賊の隠れ家まで見通しが利く。途中には竹林と、小さな土手と数本の杉があった。

「待て」

伝次郎は低声で強く、粂吉と与茂七を制した。

戸口から出てきた男がいた。利助だった。つづいて、御高祖頭巾を被った女が出てきた。

「おりきだ」

与茂七がつぶやいた。

伝次郎はじっと様子を窺った。賊の人数をたしかめるために、全員が表に出てくるまで待つのだ。心のうちにやっとここまで追い詰めたという思いがあった。

土手にある芙蓉の花が風に揺れていた。土手には白い花が咲き誇っていた。

戸口から惣五郎があらわれ、そして源兵衛が出てきた。惣五郎は周囲に警戒の目を向け、家のなかを振り返って短く声をかけた。

「あれは浜田正三郎という侍……」

与茂七が土手に這いつくばって声を漏らした。正三郎は落ち着きがない素振りだ。

つづいて辰吉と新助が出てきた。

（他にはいないのか……）

伝次郎は内心でつぶやきながら、久蔵はどこにいるのだろうかと考えた。賊が家から出てきたのを見ているだろうかと。

「やつら、あの家を離れますよ」

粂吉が慌てた声を漏らした。そのとき、家の裏側から久蔵が姿を見せた。賊たちが蜘蛛の子を散らすように動いた。

「まいる」

伝次郎は口を引き結んで立ちあがった。

二

「南町奉行所だ！　みなの者、神妙にいたせ！」

久蔵が決まり文句を口にした。むろん、それで賊たちがおとなしくなるわけではないが、名乗ることによって少なからず相手の気勢を削ぐことができる。

しかし、惣五郎は動揺しなかった。相手は三人。しかも名乗った町方の同心についているのは十手持ちの小者だ。

「源兵衛」

久蔵が斬れというふうに顎を振ったときには、源兵衛は刀を鞘走らせていた。同心が身構えると、二人の小者が左右に離れた。惣五郎はこの三人を斬り捨てさえすれば活路が開けると確信した。

「浜田殿、助太刀せよ」

惣五郎は刀の柄に手を添えている正三郎に命じた。正三郎は迷い躊躇う素振りを見せたまま棒立ちだ。

（この男、役に立たぬやつだ）

惣五郎はかっと頭に血を上らせ、正三郎を斬ろうと足を踏み出した。そのとき、おりきの悲鳴じみた声が背後でした。

「こっちにも町方がいるわ」

惣五郎はさっと振り返った。庭の外れに三人の男が姿をあらわしていた。ひとりはいかにも精悍な体つきの男だ。着流しに襷掛けで、右に持った刀を振りあげて庭に飛び込んできた。

「賊ども、神妙にせよ！」

「わたしは騙されたんです！　助けてください。お願いです。助けてください」

おりきはそのまま命乞いをするように跪いて手を合わせた。

（この下衆め、掌を返しやがって……）

惣五郎は眦を吊りあげると、正三郎を斬るのをやめ、おりきの背中に刀を振り下ろした。

「ぎゃー！」

おりきは絶叫をあげ、肩口から鮮血を迸らせながら横に倒れた。

「きさまッ」

あとからあらわれた男が鋭い眼光を向けてきた。鼻梁が高く彫りの深い顔に、鷹のような目を光らせている。その男の刀がきらりと日の光をはじいた。

「南町の内与力、沢村伝次郎だ。池内惣五郎だな」

沢村と名乗った与力が、ぐいっと詰めてきた。惣五郎は正眼に構えたまま後じさった。ここで捕まるわけにはいかない。こいつを斬るか、逃げるか、取る道は二つにひとつ。惣五郎は頭のなかで忙しく考えたが、間合いを詰めてきた沢村が一撃を見舞ってきた。

惣五郎はとっさに右にかわして飛びしさった。沢村は片膝をわずかに折ったまま逆袈裟に刀を振りあげた。ビュンと刃風がうなる。

惣五郎はもう一度飛びしさって、間合いを外した。逃げるべきだと思った。

「粂吉、与茂七、逃がすな」

沢村は二人の小者に命じると、さらに間合いを詰めてきた。惣五郎は刀を中段に取ったままじりじりと下がる。

源兵衛は最初にあらわれた町方と斬り合っていた。辰吉と新助は小者たちに追い詰められながら脇差で応戦していた。何もしていないのは浜田正三郎だけだ。沢村伝次郎と対峙している惣五郎は、正三郎に憎しみにも似た怒りを覚えた。

目の前の沢村より正三郎を先に斬ってやりたくなった。しかし、沢村は油断できない相手だ。隙を見せてはならない。

(こやつとまともに戦うのは避けるべきだ)

惣五郎は本能的にそう思い、沢村が斬り込んでくるたびに後じさった。

浜田正三郎は気が動顚していた。自分の取るべき道を見失いそうで頭が混乱していた。

ただ、刀の柄に手を添えたまま、まわりの騒ぎに巻き込まれまいと庭の隅へ隅へと体を移していた。

沢村伝次郎と名乗った与力は惣五郎と対峙している。惣五郎は斬り合わずに間合いを外しながら下がっている。源兵衛はもうひとりの町方と斬り合い、鍔迫(つばぜ)り合いをし、一進一退の攻防だ。

辰吉は二人の小者に追われ必死に抗いながらも逃げ惑っている。新助は他の小者に取り押さえられながらも、喚(わめ)き声をあげながら暴れていた。

おれは、おれはどうする。ここで捕まったほうがいいのか、逃げるべきか。やはり、逃げようと思うが、体が思うように動かなかった。捕まるという恐怖もある。父親の面子(メンツ)も考える。いまさらながら、日に二分の手当に飛びついた自分の愚かさを後悔した。

捕まれば権現様以来、御上に仕えてきた浜田家は御家取り潰しになる。家督を継ぐべき兄上の将来もなくなるし、母は路頭に迷いただでさえ貧乏な家柄なのに、さらに苦しい余生を過ごさなければならない。

（逃げるのだ）

正三郎はそう思うが、身も心も竦んでいるので体が思うように動かない。それでも、庭の隅まで来ていた。楓の藪があり、金木犀がそばにあった。藪を抜ければ田んぼ道に出られる。激しい動悸と冷や汗。捕まるという恐怖に加え、目の前でばっさり斬られたおりきの残像が頭から離れない。首の付け根から迸った血の筋が瞼に焼きついている。

何とおぞましいことだ。そんな修羅場に身を置いている自分が信じられなかった。背中に何かがあたった。誰かに指で突かれたような感触だった。ひっと、情けない悲鳴を漏らして振り返ると、花を落とした芙蓉の枝だった。目をみはったまま生つばを呑み込み庭に顔を向けたときだった。惣五郎が鬼の形相で近づいてくる。その背後に沢村伝次郎という与力の姿。

絶体絶命。逃げなければならないと思い、必死に体を動かそうとしたとき、背中に衝撃があった。

「うわっ」

悲鳴を漏らして倒れた。

「役に立たぬ腰抜けめ」

頭上で惣五郎の吐き捨てる声がした。背中に熱いほてりがあった。斬られたのだとわかった。顔を地面につけたまま死を意識した。目がかすみそうだ。鼻先に腐りかけの芙蓉の花があった。その先に白い花が咲いていた。

死ぬのだろうか。こうやって死んでしまうのか。指を動かして地面を掻いた。朦朧とする意識のなかで、浮かばれぬ人生だったと思った。

三

伝次郎のなかに言いようのない憤怒が湧いていた。池内惣五郎の残忍さを放ってはおけない。自分の仲間だったおりきと、浜田正三郎をいともあっさりと斬り捨てた。それも自分の目の前でだ。

（こやつは悪鬼だ）

伝次郎は惣五郎に迫るが、戦いを避けるように逃げる。逃がしてはならぬと追い詰めようとすると、また間合いを外して退く。それでいて刃向かう素振りは消していない。

久蔵と片山源兵衛が刃を交えているのが目の端に見えた。だが、助太刀に行くことはできない。何がなんでも伝次郎は惣五郎を取り押さえなければならない。

「逃げるなら観念して縛につけ」

伝次郎はたまらずに言ったが、惣五郎は刀を構えたまま遠間に離れようとする。詰めれば下がる。

伝次郎は汗をかいていた。額に浮かぶ汗が頰をつたい顎からしたたる。刀の柄をにぎる手の力を抜き、一足跳びに斬り込んでいった。

「たーあっ！」

また惣五郎は離れた。互いの距離は二間（約三・六メートル）だ。

「逆らうならかかってこぬか」

伝次郎は誘いをかけた。そのとき、惣五郎がくるっと体を反転させ、そのまま脱兎のごとく駆け出した。

「うむ。待たぬか」

伝次郎は追った。惣五郎は畦道を一散に駆けていく。追う伝次郎の息が荒くなる。それは惣五郎も同じはずだ。

背後から「旦那ー」という与茂七の声がした。伝次郎は振り返ることができない。何が起きたのかと思ったが、惣五郎を逃がすわけにはいかない。

梅屋敷の脇道を駆け抜けた惣五郎は、再び畑の細い畦道を駆けて逃げる。必死に追う伝次郎との差は開きはしないが縮まりもしない。その距離は五間（約九・一メートル）ほどだ。

腰を曲げて野良仕事をしていた百姓が驚いて顔をあげれば、藪のなかにいた鳥がいっせいに空に舞った。

ときどき惣五郎が振り返る。薄い唇を引き結び、切れ長の目をみはっていた。

伝次郎は追いつこうと必死に足を動かす。息が切れそうだ。惣五郎の荒い息も聞こえてくる。畦道を抜け、北十間川沿いの道に出た。惣五郎は伝次郎が猪牙舟を舫っている又兵衛橋のほうへ逃げている。川端の薄の穂が日の光にきらめいていた。

待てと無駄な声を出したいが、その声も出せなかった。代わりにつばを呑んで、大きく息をする。越後村松藩中屋敷の前に来た。左側は海鼠壁の塀である。右は川だ。惣五郎はまっすぐ逃げるしかない。

距離が詰まった。惣五郎が振り返って驚き顔をした。伝次郎はその顔をにらみつけて足を動かす。差が三間（約五・五メートル）ほどになったとき、惣五郎が立ち止まって振り返った。

伝次郎も立ち止まった。互いににらみ合ったまま激しく肩を動かし、喘ぐように息つぎをする。滂沱の汗が全身を流れている。顔に浮かぶ汗はとどまることを知らず、顎からしたたり落ちる。乱れた髪も汗にまみれていた。

「しつこい野郎だ」

惣五郎が吐き捨てた。細身で伝次郎と同じぐらいの背丈だ。紅潮している色白の顔は汗だらけだ。さっと八相に構えた。逃げるのをあきらめたようだ。

伝次郎はゆっくり正眼に構えた。気取られぬように息を整える。汗だくの体を風が嘗めてゆく。

日差しが雲に翳ったとき、惣五郎が間合いを詰めてきた。八相から右下段に刀を移した。伝次郎はじりっと足場を固め、わずかに膝を折り迎え撃つ体勢を取る。

摺り足を使って惣五郎がにじり寄ってくる。きらきらっと刃が薄日をはじいたとき、惣五郎の体が動いた。伝次郎は後の先で刀を摺り払って、胴を払い斬ろうとしたが、できなかった。

いざ摺り払おうとしたときには、すでに惣五郎の刀が頬をかすめ乱れた髪を切っていた。伝次郎はかろうじて避けたが、瞠目した。惣五郎は居合を心得ているのだ。怖ろしい太刀筋であった。

乾いた道に小さな土埃が舞ったとき、伝次郎はあらためて刀を構え直した。攻防一体の正眼である。

「旦那……」

近くで与茂七の声がした。追ってきたようだ。だが、伝次郎は与茂七に気を取られている場合ではなかった。

惣五郎が詰めてくるなり、袈裟懸けに斬り込んできた。伝次郎は剣先を払い打ち、そのまま逆胴に斬りあげた。しかし、かわされた。同時に惣五郎の白刃がうなりをあげて、伝次郎の左二の腕をかすった。片山源兵衛に斬られたあたりだ。痛みが肩の付け根まで走り、思わず顔をしかめた。歯を食いしばって痛みを堪える。

伝次郎と惣五郎の立ち位置は逆になっていた。伝次郎は十間川に架かる又兵衛橋を背にしていた。惣五郎の背後に立っている与茂七が、腰を落として十手を構えていた。

惣五郎が間合いを詰めてきた。伝次郎も詰めた。地を蹴って撃ち込みに行ったが、刀を左へ流すようにすり落とされた。すかさず斬りあげようとしたとき、上段から撃ち込まれた。伝次郎はガチッと刃で受け止めた。顔がゆがんだ。怪我をしている左腕に力が入らない。我慢して受けているが、押されていた。

伝次郎は体を寄せることで惣五郎の押し込みを堪えた。そのまま鍔迫りあいの恰好になった。惣五郎の削げた頬に陰ができ、切れ長の目が異様な光を帯びている。

「くくっ……」

伝次郎は渾身（こんしん）の力で押し返した。その脇を与茂七がすり抜けていった。何をうろついているのだと思うが、かまっている場合ではなかった。惣五郎は思いもよらぬ手練れだ。

「とおっ」

惣五郎が気合いを発して離れた。瞬間、伝次郎の体勢が崩れた。すかさず惣五郎が撃ち込んできた。伝次郎は右手一本で、その一撃をすり払ったが、惣五郎は刀を絡めて腕を振りあげた。その拍子に、伝次郎の手から刀が離れ、宙を舞って川岸の薄の藪に落ちた。

（あっ）

内心で声を漏らしたが、慌てずに脇差を抜いた。惣五郎が斬り込んでくる。受けて下がったが、その刹那、脇腹をかすられた。着物が断ち裂かれ、わずかだが皮膚を斬られた。

伝次郎は奥歯を嚙んで下がる。惣五郎の薄い唇にかすかな笑みが浮かんだ。自分の優勢を自覚したのだ。怖れずに詰めてくる。

伝次郎は脇差で応戦するしかない。こうなったら刺し違えてでも倒してやると覚悟した。

ギラッと目を光らせ「きやがれ」と吐き捨てたとき、「旦那」という与茂七の声。

さっと飛びしさって与茂七を振り返ると、仕込み棹を投げてきた。一本の棹が、風を切ってまっすぐ飛んできた。

伝次郎は片手でつかみ取ると、脇差を鞘に納め、両手で棹を持った。惣五郎は口の端に余裕の笑みを浮かべながら詰めてくる。そのまま一気に上段から斬り込んできた。

伝次郎は一本の棹を二つにわけるように両腕を動かした。わけた棹の片方を捨て、片方を素速く動かした。仕込み棹の穂先には鋭い刃が取りつけられている。その穂先が上段から撃ち込んできた惣五郎の胸を突いた。

「うぐっ……」

惣五郎は切れ長の目を見開き、突かれた自分の胸を見た。撃ち下ろそうとしていた手から刀が落ち、足許で音を立てた。

伝次郎が仕込み棹を引き抜くと、惣五郎は膝から頽（くずお）れた。伝次郎はすかさず惣五郎の両腕を背後にまわして動けなくした。

「与茂七、縄を打て」

伝次郎は荒い息をしながら命じた。惣五郎は胸を突かれはしたが、致命傷ではない。

「よし、立て」

与茂七に縛（いまし）められた惣五郎を見た伝次郎は、大きく息を吐き出してから命じた。

四

「飯だ」

仮牢の外から番人の声がかかった。

浅吉は萎れたようにうなだれたままじっとしていた。

「食うんだ。差し入れの飯だ」

浅吉はわずかに顔をあげて差し出された飯を見た。竹皮で包まれたにぎり飯だとわかった。昨夜も今朝も味噌を塗っただけの物相飯だった。

「おけいという娘からだ」

番人はそのまま仮牢の前から去っていった。

「おけいちゃんが……」

浅吉は胸を詰まらせた。自分は罪人になったのだから、もういっしょにはなれないとあきらめていたし、おけいもあきらめてくれたと思っていた。それなのに、にぎり飯の差し入れをしてくれた。

浅吉は暗い牢のなかで、ずっと肩を落として落ち込んでいた。すべての希望や夢を絶たれ、もはや自分の人生は終わったと観念していた。おけいのことも考えないようにしていた。おけいもあきらめてくれたと考えていた。

それなのに、未練がましく差し入れを。そっと手を伸ばして竹皮を剝いだ。真っ白い塩むすびに、沢庵が添えられていた。胸が詰まった。口を引き結んで頭を下げた。

「すまない」

ふるえる声を漏らして、塩むすびをつかんだ。胸が熱くなった。そうだ、差し入れができるのだから、おけいちゃんは無事なのだと気づいた。

「ありがと……」

つぶやいたとたん、ぽろぽろと涙があふれてきた。絶望の淵に立っている浅吉は、おけいの小さな親切をたまらなく嬉しく思い、泣きながら塩むすびを頰張った。

亀戸町の自身番で池内惣五郎と新助の詮議をする間、賊の隠れ家で惣五郎に斬られた浜田正三郎とおりき、そして久蔵に斬られた片山源兵衛と利助の死体が自身番に運ばれてきた。

久蔵は源兵衛を斬ったあと、刃向かってきた利助を容赦なく一太刀で斬り捨てていた。辰吉と新助は八兵衛と条吉たちに押さえられたが、辰吉は持っていた脇差で自分の腹を刺して瀕死(ひんし)の重傷を負っていた。

惣五郎は何を聞かれてもだんまりを決め込んでいたが、新助はぺらぺらとしゃべっていた。

「惣五郎、だんまりを決め込んでも、きさまは罪を逃れることはできぬ。観念してしゃべったらどうだ」

訊問をする久蔵は、いかめしい顔で黙り込んでいる惣五郎の頭をぽんぽんたたく。

「きさまがしゃべらずとも、新助は何もかも話してくれている。意地を張ったところで得することは何もないのだ」

「………」

惣五郎は口を閉じたままだ。伝次郎の仕込み棹で突かれた胸のあたりが、血で黒くなっている。捕縛したあと応急の手当てをしているが、傷は急所を外れているので命に別状はないはずだ。

「そうかい。何もしゃべりたくないか。だったら場所を変えるしかあるまいな」

惣五郎の調べに手を焼く久蔵は、伝次郎に顔を向けた。

「こやつを大番屋に連れて行く。猪牙を頼めるか」

「お安い御用です。他の死体はいかがします？」

「八兵衛、貫太郎、親方と相談して御番所に運ぶ段取りをつけてくれ。親方、頼まれてくれるな」

親方と呼ばれる自身番の書役は、

「早速手配りをいたします」

と、答えた。

そのとき、自身番の番人が駆け込んできた。

「自分の腹を刺した辰吉という男が息を引き取りました」

自害しようとした辰吉は近所の医者の手当てを受けていたが、その甲斐はなかったようだ。伝次郎と久蔵は顔を見合わせてため息を漏らした。

「しかたあるまい」

伝次郎が惣五郎の腰縄をつかみ、新助の腰縄を粂吉がつかんで表に引き立てた。

そのまま天神橋に舫っている猪牙舟に乗せると、与茂七が岸壁を棹で突いた。猪牙舟はそのままゆっくり十間川を下りはじめた。

縄を打たれている惣五郎は虚勢を張っているのか、舟の進む方角をにらんでいたが、新助はうなだれていた。

伝次郎と久蔵が黙り込んでいれば、粂吉も口を閉じていた。与茂七の操る猪牙舟は十間川から竪川に入り、それから大川を下った。

「旦那、旦那……」

艫で舟を操る与茂七が近くに座っている伝次郎に声をかけてきた。

「浅吉はどうなるんです。やつも罪人になるんですか？」

伝次郎は答えなかった。

「……どうにもならないんですかね」

与茂七は虚しそうなため息をついた。

秋の日差しを受ける大川は波も穏やかで、上る舟も下る舟もいつになく長閑に見えた。大川端に茂る薄は銀色の輝きを放っている。もう日は西にまわり込んでいた。

伝次郎は猪牙舟が日本橋川に入ると、大番屋に近い茅場河岸につけるよう与茂七に指図した。そのあとで、詮議に口を出すなと釘を刺した。とたん、与茂七はふくれ面をした。

舟を下りると、惣五郎と新助を大番屋に引き入れ、床座敷に二人を座らせた。これから本格的な調べをしなければならないが、伝次郎は座敷前の土間で久蔵を呼び止めた。

「松田さん、わたしは此度は松田さんの助ばたらきでした。筆頭内与力の長船様からもさように承っています。つまり、それは御奉行の下知(げち)です」

久蔵が訝しげな目を向けてくる。

「これから先の調べは松田さんにおまかせします」

「それはかまわぬが、おぬしはここで引きあげると言うか」

「ただ、ひとつ相談があります」

「なんだ」

伝次郎は久蔵をさりげなく大番屋の表にうながした。振り返ると、久蔵は西日を受けて眩しそうにしていた。そばに与茂七が控えていた。

「此度の一件、手柄は浅吉にあります。さように思われませんか。もし、浅吉が勇気を出して逃げなかったならば、いまだに賊を捕まえることはできなかったはずです」

久蔵は眉宇をひそめた。

「浅吉はたしかに質屋・近江屋の見張りに立ち、盗みの助をしています。神楽坂下の伊勢屋では金箱を運ぶ手伝いもしています。しかし、それは惣五郎らに無理強いされてのことです」

「伝次郎……」

久蔵は遮ったが、伝次郎はつづけた。

「浅吉はわたしの手駒で、惣五郎一味に送り込んだ密偵だったのです。やつのおかげで、この一件に片をつけることができたのはたしかではありませぬか」

「きさま……」

久蔵は静かに伝次郎をにらんだ。伝次郎も見返す。浅吉が悪人でないのは久蔵もわかっている。それに、浅吉には将来を誓い合ったおけいという大事な娘がいる。二人の幸せをここで台なしにはしたくないという思いが、伝次郎のなかにはあった。

久蔵は長々と伝次郎をにらんでいたが、あきれたように首を振った。

「それで辻褄(つじつま)が合うと思うか？　口入屋の美濃屋徳蔵が絡んでおるのだ。無理がある」

「いいえ」

伝次郎は首を振った。

「わたしは御奉行の右腕としてはたらいている身。直(じか)に談判します。それに御奉行は石頭ではありませぬ」

久蔵はふっと深いため息をついた。それから夕暮れ間近な空を仰ぎ見てから、

「わかった。浅吉は放免する」

と、言って伝次郎をまっすぐ見た。伝次郎は深く頭(こうべ)を垂れた。

「旦那……」

与茂七がふるえる声を漏らした。目を赤くしている。

「聞いただろ。浅吉を連れてこい」

「はい」

与茂七は片腕で両目をしごいて、玄関に飛び込んでいった。

＊

もう日が暮れようとしている。

小網町の通りには夕日が差し、商家の暖簾や壁が黄色っぽく染められていた。家路についている職人がいれば、買い物に出かける町屋のおかみの姿もある。

伝次郎と浅吉は信濃屋の近くにある茶屋の縁台に座っていた。浅吉はきちんと膝に両手を置いて畏まっている。

伝次郎が飲みかけの茶を口に運んだとき、人群れの奥に与茂七とおけいの姿が見えた。

「……来たか」

伝次郎は湯呑みを床几に置いた。浅吉の顔がはっとあがり、近づいてくるおけいを見ると、すっくと立ちあがった。

「連れてきました」

与茂七は教えなくてもいいことを口にした。

おけいは一度立ち止まり、それからゆっくり浅吉に近づいた。

「浅吉さん、話は聞きました。よかったわね」

「ああ。沢村様のおかげだよ」

「助かってよかった」

「うん」

浅吉はうなずくと、おけいの手をそっとつかんだ。

「迷惑をかけたね」

おけいは涙目になってゆっくり首を振った。それから伝次郎に向き直り、

「沢村様、ほんとうにありがとうございました。ほんとに……」

と、声を詰まらせて涙をこぼした。

伝次郎はゆっくり立ちあがって、おけいの肩をやさしくたたいた。

「もう何も心配はいらぬ。おとっつぁんとおっかさんにその旨の話をするのが先だ。浅吉、おぬしも親を安心させてやらなければならぬ。まずは家に帰って話をするのだ」

「はい」

浅吉は素直に返事をして、深々と頭を下げた。

「さて、わたしはこれで去ぬるが、浅吉、おけい、幸せになるのだ」

伝次郎はそう言うと、さっと背を向けて歩き出した。与茂七が追いかけてくる。

「旦那……」

「なんだ？」

「おれは……おれは……」

伝次郎は与茂七を振り返った。声を詰まらせたまま与茂七は目を赤くしていた。

「猪牙を取りに行くのを忘れるな」

「おれは……旦那が好きだ」

雲間から漏れ差す夕日の条が、蔵地の屋根を滑り降りて通りを明るくした。

一見平穏そうな江戸の町は、ゆっくりと暮れていくのだった。

光文社文庫

文庫書下ろし／長編時代小説
裏切り　隠密船頭（十）
著者　稲葉稔

2023年8月20日　初版1刷発行

発行者　三宅貴久
印刷　新藤慶昌堂
製本　ナショナル製本

発行所　株式会社　光文社
〒112-8011　東京都文京区音羽1-16-6
電話（03）5395-8147　編集部
8116　書籍販売部
8125　業務部



ISBN978-4-334-79563-4　Printed in Japan



組版　萩原印刷